檀溪水鏡集

亦君亦可 著

山东人民出版社

图书在版编目（CIP）数据

檀溪水镜集 / 亦君亦可著. —济南：山东人民出版社，2017. 7

ISBN 978 - 7 - 209 - 10599 - 6

Ⅰ. ①檀… Ⅱ. ①亦… Ⅲ. ①诗集—中国—当代 Ⅳ. ①I227

中国版本图书馆 CIP 数据核字(2017) 第108505 号

檀溪水镜集

亦君亦可　著

主管部门　山东出版传媒股份有限公司
出版发行　山东人民出版社
社　　址　济南市胜利大街 39 号
邮　　编　250001
电　　话　总编室（0531）82098914
　　　　　市场部（0531）82098027
网　　址　http：//www. sd - book. com. cn
印　　装　山东华立印务有限公司
经　　销　新华书店

规　　格　16 开（169mm ×239mm）
印　　张　21. 25
字　　数　35 千字
版　　次　2017 年 7 月第 1 版
印　　次　2017 年 7 月第 1 次
ISBN 978 - 7 - 209 - 10599 - 6
定　　价　36. 00 元

引　言

什么是诗？若放下《诗经》的代名词儿，就会拾起诗是以节奏和韵律的语言反映生活、抒发情感、承意言志的一种文学题材。近体诗（诗余）还是成熟于唐（宋）的一种说唱艺术形式等。“醒花惊月比冬梅，春水秋琴雁阵开。千古神明雕夕暮，敲藏消息万般推；亦天山水谱华音，平仄阴晴岁月吟。随曲诗余茶捻酒，入时驰骋弄瑶琴。”这算是个人对诗与词理解和表述方式的尝试吧。

华夏文化源远流长，可以说与该娅同轨、与日月同辉、与天地同舞、与时代俱进。自鸿朦玄皇的神话传说，到不同朝代的荟萃经典，百花争艳，千古万芳。其中诗词歌赋，特别是唐诗宋词，无疑是华夏文化光彩夺目的精华之一。

少年时，偶然机会，从老师那里借到山东人民出版社 1963 年 4 月首版印刷的李清照著、王延梯注的《漱玉集注》，再三通读后爱不释手，归还前，把 142 页的该书抄录在封面为白鹤松枝图案的绿色塑料皮厚本子上，多年相伴着。调到泉城工作后，头批购买的书里，就有再版的此书，有时陪外地朋友游览趵突泉，也购买相赠，人手一册。2015 年 2 月，我到芙蓉街欣赏流泉和老宅子门联时，在水边小店惊喜地见到封皮褐黄的 1963 年版《漱玉集注》，不由得勾起了少年时的美好回忆，把序第一段背过后想买下来，因人家瞬间把价格挟到很高而未下决心。

记得动笔写诗是从小学四、五年级开始的。当时不懂律诗，主要是按老师的要求以长短句写学习、劳动和体育锻炼等内容，再由老师修改帮助投稿到《襄阳日报》的《工农兵通讯》，发表几篇后，被吸纳为红色小通讯员，倍受鼓舞。初中、高中时，仍然执着、热情地注重以诗的形式写学校的生活、学习和较多劳动的场景和感受，并负责参与出简报、板报等。其间，我把报纸刊登的、同学创作的、老师发表的诗文等，有选择地集中抄录在退伍兄长赠送的、有领袖头像和“毛主席万岁”字样的红塑料皮本子里，亦相伴至今。

高中毕业前夕，时逢中央军委办公厅组织招收空军飞行员。体检、政审、成绩过关，意外地成为全县两个入选、唯一毕业的飞行员。后身体原因停飞到机关工作。同样，在学习、训练、工作之余，承担出版（简）报、刻蜡版、写稿件和相关研究事宜。对诗的喜爱和兴趣一直保持着。由于喜欢阅读和背诵律诗（词），加深了对古诗词的理解和把握。较长时间里，对写古体诗（或叫古风、半自由诗）殊有兴趣，这种诗体，不受近（今）体诗演绎、变化、发展等严格韵律束缚，押韵之外，无平仄、长度、修饰等方面的特殊限制，自由发挥的空间相对宽些，曾钟情于此。

在反复认真学习王力教授的《诗词格律》和其他专家相关论著以后，对格律诗（词）的兴趣逐步浓了，花费许多业余时间，认真学习、用功钻研。但由于近体格律诗（词）规矩的深度、广度、复杂性等超出一般的想象和承受力，因而放下、拾起多次。

形式很重要，却轻于内容。个人感到，古体也好，格律也好，现代自由体也罢，包括绝句小说、梨花体等，有兴趣尝试和坚持就好。只要把观察、感受、领悟到的美好而有意义的东西，以比较凝练、生动的文字，将意图、意思、意境尽力表达出来、奉献出来，有美感和诗情画意效果足矣。精神享受和物质享受，同样具有层次性、多面性、多样性。把时代精神和爱好者的认可、喜欢、快乐，作为愉悦创作的追求，合韵合仄的写，不合的古风和现代自由诗等也写，无不是对中华文化的有益承传，还多少会有踏峰乘云而去，邀星揽月而归的感觉呢。

满意的作品出自于不懈的努力、宁静的夜晚、寂寞的灯下和苦恼的思索。坚持耕耘才会有所收获。把学习、思考、练笔的过程，当作一种追求、快乐和享受，就能在辛苦中得到精神愉悦和境界提升。回头看看，自己写的诗词文等，先后在军、地报刊发表，并多次获奖。其中《古琴华韵》《聚散依稀》《宁波雪窦山》等，获世界华人参与的中华情“2015 年全国诗词散文联赛”特等奖、十佳诗歌奖。业余时间创作、以文笔书法名“亦君亦可”发表在报刊和“中国网络诗歌”“舜网文学论坛”等网络的作品，被 360、百度等网站频繁转载，赢得众多读者的关注、阅读、好评。

长时间以来，注重向专家、老师请教，如曾凡华、卢永璘、耿建华、易茂安、林宛莹教授，肖江桃、孙春亭、王鲁敏老师等，坚持与有兴趣的同事、文友、同学交流，如李炳锋、李恭岳、李希明、黄伟华、李宗健、王野先生等。边学习边动笔，伴随我快乐充实地走过匆匆岁月。出版此《檀溪水镜集》，得到许多领导、教授、老师和战友、同事、文友的热忱鼓励指导；得到山东出版集团和山东人民出版社的大力支持，借此诚挚地表示衷心的感谢！

特别需要说明和感谢的是，在此集遴选排版时，山东人民出版社胡长青社长和刘晨、刘娇娇等同志，对初名“亦君亦可集”给予了倾情、坦诚的建议。古来诗词集一般以姓名、字号、官阶、书斋、年号、地名等命名，但本集初名相对缺乏内涵。所以寻大家所授思路，新起名《檀溪水镜集》。檀溪水镜，系本人家乡襄阳南漳的水名、地名。据《水经注》记载，檀溪当即襄水（今南渠，襄阳在此水北而名），又名檀溪湖。亦是罗贯中《三国演义》“蔡夫人隔屏听密语，刘皇叔跃马过檀溪”典故所在：刘备投刘表，闻表欲废长立幼（表后妻蔡夫人之子），遂劝止之。蔡夫人忌恨，命弟蔡瑁设鸿门宴欲杀备，备得伊籍密言荐逃，跨“的卢”马奔出（因檀溪相阻而未设伏）襄阳城西门。追兵急至，山穷水尽无生路之际，刘备惊呼，“的卢”一跃三丈飞上西岸，继往南漳而去，方有水镜庄遇水镜先生司马徽，得闻伏龙、凤雏之名，而“三顾茅庐”，拉开了三分天下的序幕。檀溪水镜还有诗情画意之感，最后商榷敲定了此名称。

由于水平不高、经历所限，作品会有许多不足，甚至错误。敬请大家继续关注和评点、指导、勘误。

张传建

目　录

002 敬亲思乡

003 琴棋书画

004 梅兰竹菊

005 品茗禅云

006 清心感悟

007 丹青随语

008 自然有诗

009 澄烟几缕

010 闲情逸趣

011 友诗和韵

012 拾景幽芳

013 边塞掠影

014 适情话意

015 郎茂山游记

山青水秀

经历再现的泰山封禅大典，
会震撼、激扬、顾远……
齐鲁岳东，祭乐铿锵，君声浩荡，圣礼绝然。
乾坤为之动容，日月为之倾颜。
悠悠岁月数千载，泱泱大国独天仪。

念奴娇　泰山大典随想

（2014 年 6 月 6 日）

岳居东海，势华夏，承纪祥福弘愿。
万里苍茫，擎旭日，恒事晴阴无变。
黑白风云，来春别夏，笃为平安伴。
通明鸿览，博标功绩千卷。

封始禅礼翕疆，古传青帝示，暄妍承现。
泚载秦皇，行祭祀，君典瑶池卿遍。
汉柏凝寒，祺宫城岱庙，廨忠人善。
江山兴鉴，政和民意方远。

青帝，中国古代神话传说中五帝之一，即太昊伏羲，道教尊奉为神；主天下万物发生，掌管东方，故祀于泰山；亦称“苍帝”“木帝”。传其最早在泰山封禅。

泰山之銮

擎天托日印霄寒，
沧海云涛甲第观。
秦象蕙荪星峭竖，
汉亭兰茝月崖丹。
屣民膜拜平安事，
君辇威仪十八盘。
晨夕鸣梢酸楚泪，
更朝浩荡设封坛。

鸣梢：挥舞鞭梢作响，示人肃静。古时皇帝视朝、宴会等用之。

声声慢　黄山幽梦

（2015年9月8日）

天宫托碧，瀑画庭中，
南坡北麓桨激。
迎客青松殊璧，引宾来急。
芳芊隐鹿见赫，孔雀飞、洗云相匹。
白翡翠，赤雄鹰，睹此又生亲昵。

坐品清泉开泽，
僧采弋、霄思牧羊鞭迹。
浑象初山，竟煮绿波菡萏。
仙峰炼丹步极，采青鲜，日出月落。
五岳者，最数尔遐海景色。

登黄山悟

（2015 年 9 月 8 日）

混沌天开雾里觇，
仞千崖壑客松淹。
黟山黑白追丹梦，
石海听光抹紫奁。
飞鹳鸣溪屏万树，
九龙银瀑洗尘纤。
隐峰峦气寒云密，
多少红阳一夕帘。

览迎客松

（2015 年 9 月 8 日）

岩托油松五百年，
莲峰紫气议云巅。
捎风顺雨岚纱意，
祈地祥天富贵骈。
迎客霄然深作揖，
沏茶篩酒敬朋仙。
尘间俗礼三分假，
尔岭黄山茝敬禅。

黄山峰景

(2015 年 9 月 8 日)

秀峰松竹本多情，
一碧山川幕里横。
只是风云常自雨，
引来方客拾光明。

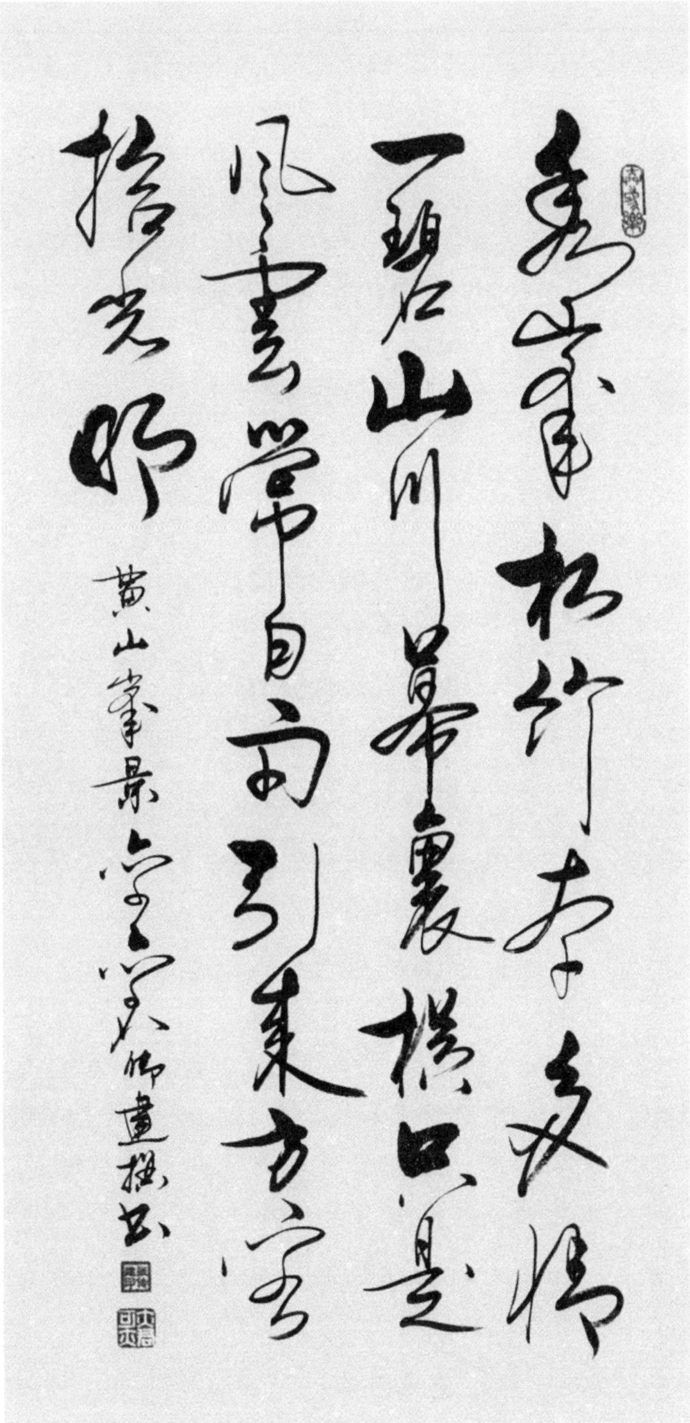

卧虎山青水洗峰

（2015 年 4 月 29 日）

澄处三川点滴情，
默书今古画来声。
聚仙雷驳青钗绾，
符玉娇容翠雀施。
搭讪白花嫣纵纵，
套瓷红蕾姹横横。
蓦然山水涟天蓄，
听燕垂湖万景萌。

济南市南郊卧虎山因形如虎饮水而名，锦云川、锦秀川、锦阳川之水相汇而湖。传说秦琼曾多次在此山峰与友相聚，所以也叫聚仙山。

那时无现在的大路和现代交通工具，秦琼与朋友相聚，该是骑的忽雷驳马去的吧。

套瓷，北方方言，意近搭讪。

龙洞幽境

（2015 年 4 月 23 日）

锦屏千仞秀三峰，
一指灵泉壁立踪。
若隐岩枝云里步，
朦胧春晓滴帘松。
神功又是谁茫混，
真气涵林借佛容。
入暗蛇行魂不在，
明来向往下回逢。

龙洞、佛峪在济南东南数公里，在同一景区内。清马国翰诗所赞龙洞、佛峪“景光都在图画中”，也不能表达万一。

龙洞奇绝优美的地方，是涧的尽头雨雪泉溪冲刷形成的“云梯”，翠松荫下，垂直盘旋，皱褶层层，宛若爬云。低头闻听，白龙三泉成溪流淌，好像涤荡在岩石彩树中的一泓杏花村、竹叶青酒，明净湛绿。有人在洞口赤书云：真气森喷薄，神功接混茫。

佛峪净心

（2015年4月23日）

甘露岩阿度，
泉厨佛递闻。
溪琼浆玉镜，
珠岭引东君。
腾景天青色，
悬流石客醺。
作回心洒净，
者是乘行云。

济南佛峪境清景幽，林茂山秀，流水滴万。

清张庆源《林汲山房记》说："城之南三十里为白云山，山半为般若寺，寺后为林汲泉。"

岩阿，山的曲折处。汉王粲《七哀诗》："山岗有余映，岩阿增重阴。"

泉厨，佛峪胜境匾后，有始于隋的般若寺，寺中“云殿泉厨”，即指那时“露华泉”水直接引入僧厨佛殿，供寺内僧人炊饮之用，称“泉出厨间，云生殿内”。寺西又有泉（今名茶壶泉，似天然饮料）。清金石家阮元修屡到此，其《山左金石志》诗云：“云护岩上佛，泉养厨中僧。”

天青色，为较淡的蓝色乳光釉中珍贵的瓷釉色，似雨过天晴的微蓝。欲得青花色，需在烟雨天气中烧制方可实现。传唐玄宗所题、宋徽宗所梦的“雨过青天云破处，这般颜色做将来”，是指雨过天晴云破开时令人心旷神怡的色彩。所以有“天青色等烟雨”说，暗示盼望、期待、等候的感情……

玉镜、东君，分别为月亮、太阳的别称。

洒净，佛教的一种特定含义的仪式。借以表示真正的清净心，保持着清净心。

瑶台聚八仙　龙洞惊历

（2016年7月23日）

夏象清番，澄雨后，斜壁翠露珠帘。
丽初游处，桥景迤溢亭烟。
飞鸟轻旋涯石磊，
蜻蜓薄羽紫红栏。
听山泉。
瀑音碧里，蝉也如禅。

松阴踏阶湿屐，境蓦然醉更，格外晴川。
峭石云来，凭接喜鹊呈言。
混茫龙洞入黑，
刹水急、迎头蝙蝠蛮。
魂无似、一柱电光暗，
惊出峰天。

雨后龙洞之境，异常幽静雅妙。断壁绝崖，峭石飞度，林秀山青，澄色如洗，流泉、鸟鸣、蝉叫，隆声悦耳。涧底浓阴蔽日，叶肥帷深，气灵荡彩，眩目清爽。举头仰望，惊奇伟傲岸之象，彰飘忽迷离意境。山涧两边峰嶂耸立，圈定蓝天，呐风拨云，喜鹊、斑鸠、震旦、雅雀等盘旋低鸣。跟处，小桥密座，草长藤舞，水清移木，瀑声阵阵，丽音萦绕，红、蓝、紫色蜻蜓悠悠戏水，草丛间黑、白、黄彩蝶横横舞叶，令人流连不已。乍入龙洞，先窄后阔，竟然苍穹。静立观之，肃然起敬，巨佛微目，悠哉善哉……

洞外一峰，似半卧巨猿，赤面向东，凝视远方，若有所思，或横臂侧耳听泉，或静赏游人清歌……

柳埠秋语

（2015 年 10 月 7 日）

南沟小道数溪虾，
悄引青峰七岭遐。
裸柿疏枝摇柏翠，
山楂密果簇红花。
核桃黄叶铃音起，
玉米闻声捉粟纱。
只是自然栏栅紧，
锁残坡里几涓涯。

柳埠，济南南部山区柳埠镇。
南沟，柳埠镇南坡林地之名。

渔家傲　共逸士山游年记

(2015年7月5日)

郎茂烟峰霞染橘，
青雕阁舞纱裙赤。
吹石托栏听玉笛，
心若觅，
风熏悄泊平平仄。

楼角云闲今念客，
飞花坠去春些忆：
循蔓崖行屏里特，
稍歇息，
坡间野雉声声袭。

逸士，即明湖逸士李恭岳先生，我的师友。

郎茂，郎茂山。位于济南市市中区南郊，灌木丛生，黄栌成阵，间有柏松，亭阁临峰。

西营龙集山

（2014年7月6日）

菩提慧顾古灵枫，千载云烟景色同？
峰韵龙集今降露，薰衣草染杏桃红。

西营，西营镇。位于济南市历城区南部山区。

西营镇龙集山，呈半环状。斜坡以杏桃栽培居多，自然植被覆盖率高。梯田平地有紫色的薰衣草，时值开放，暗香袭人，蜂蝶正忙；主峰半腰处，居然长有北方少见的单株大菩提树，枝繁叶茂，似智若语，随风舞动，阿娜多姿。奇特的是，与之牵手的，是经相关部门考证、标明已有八百多岁树龄的一棵巨大的五角枫，干粗叶硕，郁郁葱葱，荫及数亩。不可思议的是，这两棵大树都生长在巨型岩石的缝隙之中，观者无不感叹。盛夏登及此处，在两棵树下的岩石上端坐，睁眼飘飘欲仙，闭目遥遥入神。故感慨以记之。

长清五峰山（古风）

溪涧山丹会仙东，
悄然苍翠点点红。
涯仿循道幽八景，
玄感三清五峰中。
莲洞茗泉客常满，
坡下酒家壶时空。
史载教化多益善，
览胜归来识劲松。

长清，济南市长清区。

长清五峰山，被誉为北方道教圣地。

此作中的“三清”，有朋友问，是清新空气、清晰画面、清幽环境？亦可点头；又有朋友问，是清爽蓝天、清淌泉水、清楚山峰？亦可点头；还有朋友问，是为官清正、政府清廉、政治清明？亦可点头；再有朋友说，小时候到市中现兴隆镇的一个地方磕过头，记得叫三清殿，莫非是那贡敬的三清？我连忙点点头。也有朋友说得明透：行道者，三清至上，能够感觉道为幸，感觉别的也幸。说的正是。我以为，循览道教圣地，玄灵地感应玉清元始天尊、上清宝灵天尊、太清道德天尊三清，应该是自然的事情。当然，游山览胜，在于如意、强体、愉悦、见识，从感觉上讲，彼亦可，此亦无不可也……

行山所得

趁着黎明的静，
寻声夏虫音，上行；
沐浴晨霞的虹，
踏着露珠儿，下行。

山脚，石沿，风清，
默数刚刚的已经：
泉水瓶中尽，湿衣汗胜金。
肚肠饥渴奈，灵体带禾馨；
闭眼圆圆野枣亲，
耳留脆脆雉鸣真。
探知岩壁油松意，
荆刺凭添臂画新……

不远，轻轻，传来：
凡事勿求全，得失皆有因。
菩提本无树，平衡贵宽心。
返程吧，心却迟……

满庭芳　平阴棠绮寄回思

（2016 年 4 月 14 日）

千梦屏开，帆霞桨露，砌珅四品新妆。
拾阶闻苑，姿袭凤仙翔。
闺壁伊腮几阕，初识得，明辑群芳。
桃红愿，油黄嘶忖，羞契弄琼窗。

坡望，伶舞美，雪龙西府，贴埂娟香。
遍抹胭脂野，惹尽游郎。
曲水惊鸿分别，烙花渐，飞蝶堪觞。
春深了，慌梳钗乱，婀娜瓣愁将。

平阴，济南市平阴县，别称玫城。因地处古东原之阴，东原砥平，故名平阴。隋代大业二年（606 年）设平阴县。全国三大天主教圣地之一的胡庄教堂所在地。

平阴县被誉为中国玫瑰之乡、中国阿胶之乡，为柳下惠故里。

应平阴刘瑞文夫妻相邀，2016 年 4 月 10 日，与子、媳等游海棠园和胡庄教堂。

四品，明王象晋辑栽培科技书《群芳谱》载：海棠有四品，皆为木本。书中讲的四品，是指贴埂、垂丝、西府、木瓜等四个品种的海棠。

平阴现在的海棠园已经有包括四品和舞美、雪龙等二十多个品种的 1100 亩海棠。

胡庄教堂

（2016 年 4 月 14 日）

月言天主旺今村，
爱人如己立宗门。
石峡时常来拜客，
尖山几处跪三番。
苍烟露德台前树，
风雨玫瑰景后孙。
高举理将生贬抑，
许年经教择群尊。

胡庄大教堂是胡庄的，是平阴的、济南的、中国的，也该是国际的。胡月言先生四百多年前的传教和他的爱人之心、精湛的栽培技术，给胡庄和平阴带来举世瞩目的影响。

花别海棠枝

（2016年4月14日）

探花窃绿蝶飞窥，
流水漂零艳敲池。
春劝千枝西子面，
却催离别惹相思。

青岛栈桥回澜

（2014 年 12 月 9 日）

栈桥天抚忆亭栏，
碧海窗容水镜观。
岛屿峙罗岚景象，
阅兵移姓几波寒。
醒知近事回澜屈，
傲眺秦巡汉王銮。
胶澳明清惊夏梦，
琴岗滴翠盛红滩。

岛湾大桥

（2015 年 3 月 29 日）

玉带牵星月，
苍龙戏彩虹。
暖风齐煮岛，
寒雨共笺濛。
踏浪珠花举，
耘波竞语蓬，
往来仙子气，
且走海皇宫。

青岛海湾大桥，是我国自行设计、施工、建造的特大跨海大桥。

拾景西湖

孤山云白惹烟吴，
岸上桃花衬柳酥。
岛解断桥亭塔意，
拾仙虚幻此堤湖。

满陇桂雨

白鹤坡南正晚凉，
挑眉帘外戏莺厢。
合书添袖寻溪径，
绕囿归来淡桂香。

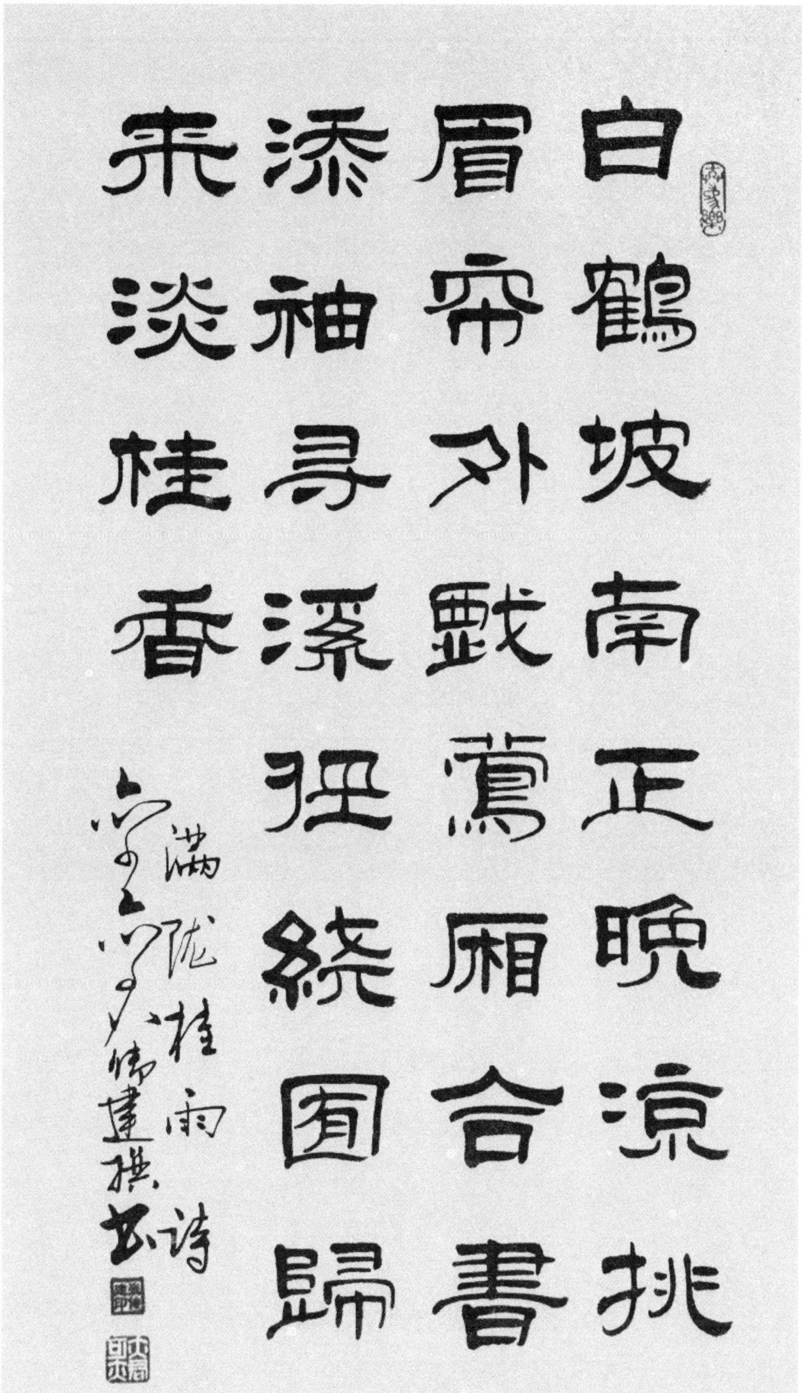
白鶴坡南正晚涼挑
眉帘外戲鸞厢合書
添袖尋溪徑繞園歸
来淡桂香
滿隴桂雨詩

漓江山水

溶灵百里绘清瑰，
漓岸晨红胜日晖。
春夏秋冬过眼客，
谁牵绿象入江追。

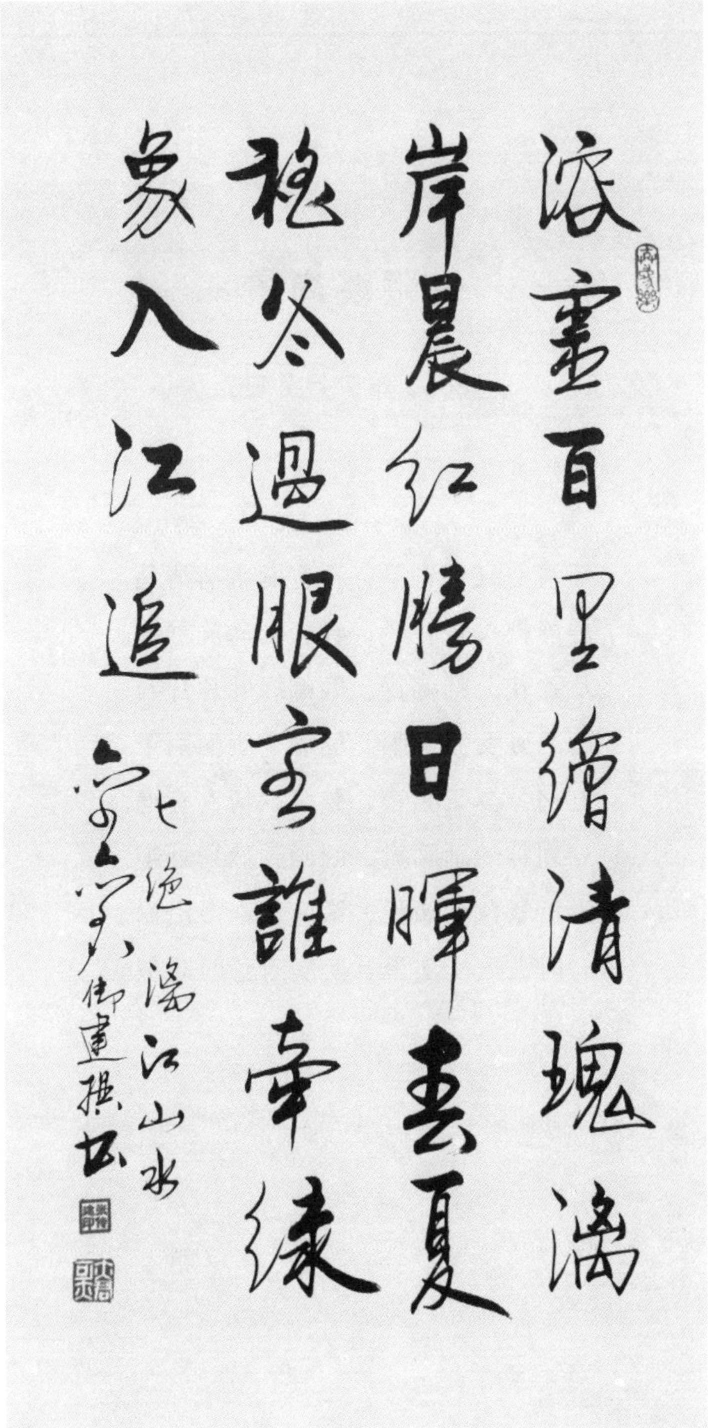

金鞭溪尚景

（2013 年 7 月 7 日）

清清空气青青草，青青淌水清清鱼。
静静枝头轻轻风，轻轻鹂鸟静静语。
片片花朵翩翩舞，翩翩绿叶片片与。
丽丽妙女俪俪唱，俪俪少年丽丽予。
玄玄琴瑟弦弦音，弦弦声情玄玄遇。
划划神韵画画意，画画天然划划趣。
沿沿景色缘缘长，缘缘传奇沿沿愉。
时时游人实实聚，实实有意时时叙。

宁波雪窦山

（2015年7月18日）

霄竹凌云道石翁，
层峰叠翠滴芙芎。
妙高台侧松擎日，
瞭望崖前水沁虹。
武岭书香闻昨韵，
文幽寓理托今逢。
东方一瀑衔溪口，
览尽江亭世纪风。

敬親思鄉

崇敬养育人

（2014 年 4 月 1 日）

高堂携手访亲朋，
急雪途来刺骨风。
左复右牵时未晓，
后知情意避凛锋。
冬寒雁字南飞紧，
更忆椿萱养育程。
点滴含辛恩若海，
涌泉相报敬平生。

此作品表达本人六岁时，随母亲看望镇西杨姓故交途中所经历的片段。此事，因为常忆而难忘，因为感激而永记，因为感恩而久怀。

故乡情怀（古风）

（2014 年 1 月 3 日）

先秦伊庐朝思安，隋唤南漳河岸边。
香流七彩飞鹰瀑，寨洞泉林景世间。
春秋玉印和氏璧，耿忠典玺不尽延。
备跃檀溪探水镜，隆中卧龙三国源。
青山翠隐养正堂，物华天宝绵金涓。
落居他处心不静，时怡故乡数千年。

南漳，湖北省襄阳市南漳县，有两千多年的历史，作者的故乡。先秦设伊庐县，后几易县名，南北朝曾名思安县，隋开皇十八年（公元 598 年），改思安县为南漳县，因境内有漳河（古称南漳河），故名南漳。屈原幼时曾生活于此境。

南漳县位于鄂西北部，汉水以南，荆山山脉以东，东临荆州武汉，西连神农架，南接宜昌三峡，北依襄阳南阳；地处江汉平原北，南阳盆地南，秦巴山系的东缘。南漳是楚文化的发祥地，三国故事的源头，也是和氏璧千秋史话的故乡。面积3859平方公里，属亚热带季风性气候，人文和自然景观资源十分丰富，素有“金南漳”之称。水镜庄、漳河源、七里山森林公园等就是代表性的风景旅游区。

探亲(古风)

(2014年1月4日)

初春迢迢探尊长，
风尘仆仆赶家乡。
梦牵丝丝终相见，
问暖切切语呈祥。
真情笃笃化心愿，
关爱悠悠寓意长。
北飞燕燕纵思故，
只能时时心前往。
相聚依依又难舍，
隔年思思再回望。
稍住日日还得返，
济水南南亦有想。

思云敬天

（2015 年 4 月 4 日）

牵星挂月忆曾分，
点滴清明叙近闻。
祈愿仙间长碧落，
烛燃青岭雨纷纷。
苍天本善离无别，
黄地红尘逝草芸。
俯敬鲜花龛侧穆，
青灯跪长泪香焚。

清明子夜(古风)

(2014 年 4 月 4 日)

淡月泊孤寂,
繁星入紫烟。
木花无彩影,
曲线黑菁峦。
昨日尘嚣去,
今宵雨落潸。
清灯烛点香,
托愿正幽然。

隆中诗画(古风)

(2014 年 2 月 26 日)

溪淌碧草泓，倒影云下松。
鱼扯林垂藤，鸟戏岩上丛。
景幽不觉时，心静诸事空。
欲思画入诗，人却在画中。

西江月　灞桥折柳

（2014年10月19日）

人世瀛台契梦，
春秋尽授温凉。
冬寒来又摇青璜，
叶洒栏前静舫。

淡月星稀更景，
残荷露滴回廊。
流霞何为臆勘忙，
折柳灞桥叠仰。

灞桥，位于西安市城东，是一座颇有影响的古桥。春秋时期，秦穆公称霸西戎，将滋水改为灞水并修桥，故称“灞桥”。灞桥在唐朝时设有驿站，送别亲人好友东去，多在这里分手，还折柳相赠，以表思留之意。此桥也曾叫作“销魂桥”，有传“年年伤别，灞桥风雪”句。“灞桥风雪”成了长安胜景之一。

南乡子　夜思

（2015 年 6 月 10 日）

梢月幻亭楼，
沉伫卷帘望藕秋。
潜夜薄惆撕碎雨，
柔钩，
沽酒烛花添枕眸。

寻迹笛声幽，
濛似漳河小叶舟。
疏影乡音探语悄，
彪搜，
笺得心浆词一抔。

喝火令　夜雪

（2014 年 12 月 7 日）

清白何需路，
飘然夜落亭。
竹园枝染节霜凝。
淡月再邀佳许，
洁得醉痴卿。

悄隐秋芊别，
流泉伴鹭行。
合花姿貌且融情。
羽亦轻灵，羽亦舞无声。
羽亦更衣持盏，
绰影敬新朋。

鹊桥仙　思念

（2014 年 12 月 29 日）

心思手足，
倚枕念岵，
复听曲筝一首。
高山流水又春秋，
雪飘了、青丝白否？

撩纱远望，
夜云风顾，
浇暗清河瘦柳。
羞星弯月醉寒天，
托飞雁、持杯敬酒。

江城子　月柳浓卿卿

（2016 年 5 月 12 日）

袖初衫朵小围裙。
碎狐云，薄黄昏。
蚊得胭深，叮玉几红痕。
亭上月儿晴瘦了，
难道是，在聊群？

敲机援号急咨询。
细开唇，问由因。
侬说清么，凭什你迟身。
飞雁羽惊痴梦醒，
明个晚，此时辰。

南方朋友闲聊时，说他的女儿清纯、简单，几分幽默，总是长不大样。大学毕业后也像个毛孩，对个人的事一点不上心，说只要大人满意就行。通过同事介绍，与一小伙子见过头面就没管她。几天后，她匆忙吃点晚饭出门，一小时后回来了。问怎么样，她说见了几个蚊子。嗯？如此一说，才知道她记错时间，把明天约当成了今天。给她讲，你耳朵不负责任，所以吃苦头，一定要深刻吸取教训。人家淡淡地说：其他部门也有责任，心想念，眼想见，手想牵，还有你们提醒不兑现，是吧，今后要端正认识，齐抓共管，共同承担责任才是……我听后觉得很有点意思，就写了这首词。

江城子　是夜月梢圆

（2016 年 5 月 19 日）

蓦然跳石掐肩膀。
嚇阶廊，皱池塘。
修竹雕兰，回字蝶沧浪。
枝月少红花朵样，
该暗处，捉迷藏。

巧音柔倩昨时详。
咬禅妆，否心伤？
伊惹凝眉，勾的鹊桥腔。
堤岸夜风寒意些，
粘者个，影儿双。

枣树境界

（2014 年 8 月 23 日）

娇叶玲珑小树丛，
天生精巧立山峰。
春来花蕊香如蜜，
秋果晶莹绿伴逢。
道侧这株谁扯裂，
针间青枣长程中。
采阳吸露递营养，
不顾伤寒供子红。

琴棋書畫

古琴华韵

（2015 年 5 月 17 日）

古传华艺萃珠莹，玉鹤琴心若淌泓。
熊侣绕梁姬劝断，号钟随鼓壮齐行。
相如绿绮瑰文赋，焦尾中郎奏怨鸣。
头凤箜篌仁智意，春秋书画入弦声。

绕梁，《列子汤问》载：昔韩娥东之齐，匮粮，过雍门，鬻歌假食。既去，而余音绕梁欐，三日不绝，左右以其人弗去。《古琴疏》：宋华元献楚王以绕梁之琴，鼓之，其声嫋嫋，绕于梁间，循环不已。楚庄王乐之，七日不听朝。樊姬进曰：“君淫于乐矣。昔桀好妺喜之瑟而亡其身，纣好靡靡之音而丧其国。今君绕梁是乐，七日弗朝，君乐亡身丧国乎？”于是以铁如意槌琴而破之。绕梁琴从此不复存在。韩娥歌而余音绕梁三日，孔圣人闻韶乐三月不知肉味，可见音乐的力量是无穷的。

号钟，周代名琴。此琴音之宏亮，犹如钟声激荡，号角长鸣，震耳欲聋。传说古代杰出的琴师伯牙曾弹奏过此琴。后来号钟传到齐桓公的手中。他曾令部下敲起牛角，唱歌助乐，亲奏号钟与之呼应。亦传号钟是乞童名，他双亲故去，靠弹琴乞讨为生。乞讨时被群童追戏，他以身相护，恰被齐桓公看到，收童入宫，教其奏琴。

绿绮，西汉著名文人司马相如之琴。司马相如家境贫寒，但诗赋极有名气。梁王慕名请他作赋，相如写了一篇《如玉赋》相赠。此赋词藻瑰丽，气韵非凡。梁王极为高兴，就以自己收藏的“绿绮”琴回赠。“绿绮”系传世名琴，琴内有铭文曰：“桐梓合精”。相如得“绿绮”，如获珍宝。他精湛的琴艺配上“绿绮”绝妙的音色，使“绿绮”琴名噪一时。绿绮就成了古琴的别称。

焦桐（焦尾）琴，古四大名琴之一。此琴系东汉蔡邕亲手制作。《后汉书·蔡邕传》：吴人有烧桐（即青桐）以爨者，邕闻火烈之声。知其良木，因请而裁为琴，果有美音，而其尾犹焦，故名曰焦尾琴。后也称此琴为焦桐琴。蔡（中郎）邕大才，曾师于曹操。动荡的岁月，难免蹉跎。甚至于牵连丢命。

箜篌，十分古老的弹弦乐器，最初称坎侯或空侯。其历史悠久、传源于楚，音域宽广，音色柔美清澈，表现力强。古代宫廷雅乐，5 至 25 弦不等，唐时销声匿迹。现在已经研发出 72 弦新琴。古琴被誉为仁智之器。

舜棋长清

西城三箭友情杯，湖岸秋风对垒围。
乌鹭玄灵掀碧浪，纹枰四老芾霞霏。
卫平夺冠依然笑，神采汝南领队祈。
灯下罗华多面打，夜星舜智济朝晖。

2014年国庆节的头几天里，泉城的部分围棋爱好者享受了难得的围棋盛宴。由济南市围棋协会策划、组织，济南西城、三箭集团支持、赞助，山东棋牌中心参与的中国围棋“四老”（王汝南、聂卫平、华以刚、罗建文等）邀请赛，在长清湖畔举行。随队来的华女士和济南的高手陈先生大盘讲解。赛后进行了多次多面的指导，持续到深夜。我有幸参与其中活动，并与国手手谈，妙不可言。

换巢鸾凤　天元长生

（2015年10月1日）

尧舜苍穹。
月星天地及，乌鹭玄宫。
烂柯神话曲，趣引世仙逢。
唐时涯外碧蕤丛。
茗悠若愚，吴图弈浓。
猜先敲，
忘忧谱、沥春秋梦。

如凤。
君智宠。
崖瀑岚飞，琴剑参差动。
此立云松，彼围霄竹，幽洽山江分统。
曾几楸风潒丽流，日间溪翠姿千涌。
归清源，
势三疆、黑白还弄。

喜迁莺令　乭机对敲浪粘云

（2016 年 3 月 21 日）

首尔弈，李缘挑，
一比四弯腰。
此番乌鹭恁掀潮。
意外妙灵霄。

绮地天，幽黑白，
仍是烂柯品格。
楸枰多少煮芭蕉。
欲试手中镳。

乌鹭，中国古时指黑白围棋。烂柯，中国晋时载仙与人围棋故事。镳，驭马、掣驾之物件，古亦同镖。

2016 年 3 月 9 日至 15 日，“阿尔法围棋”（“Alpha GO”）对战韩国籍世界围棋冠军李世乭，李以 1 ∶ 4 的成绩意外败北。

此前李世乭在新闻发布会上表示，“阿尔法围棋”的水准还不足以和自己争胜负，最后比分应该是4：1或者5：0。

去年以来和李世乭频频交手、并保持较高胜率的中国籍围棋世界冠军柯洁九段笑言“李世乭太谦虚了……其实我也不敢下绝对的结论……从去年十月那几盘棋的内容看，李世乭肯定能以5：0获胜。”但他坦言人工智能发展很快，说不定有一天人真的会下不过电脑了。

这一天来得很快。体现华夏复杂妙深智慧、数千年无同局的围棋，终于让机器人占了先机。

下一个接受机器人挑战的可能就是柯洁。柯洁最强，希望更强。

此回人与电脑智慧对决，对今后人类和世界的影响将是深刻、巨大、广泛的。

妙弈可言

(2015 年 10 月 1 日)

乌鹭江亭对敲楸，
枰间清乐忘沉浮。
烂柯稍顾天元趣，
凡界千般黑白讴。
拈手摘云多少片，
猜先贴目荡扁舟。
生存本是无言局，
莫为收官得失愁。

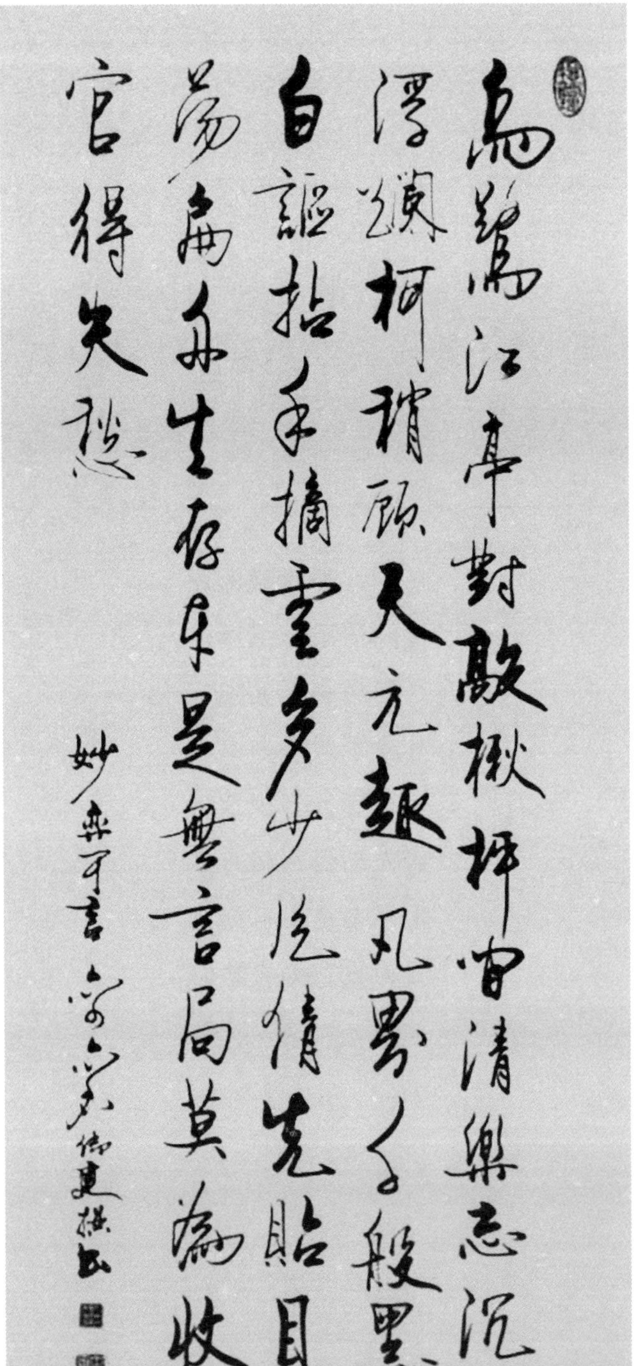

弈趣

（2015 年 6 月 22 日）

竹苑敲楸论海涯，
几分厚势窃云花。
指间衔墨痴筋啄，
无意琴琼闷抿茶。

敲楸，弈围棋，包括研究摆阵、打棋谱、做死活题等，亦称敲楸枰。宋赵秀师诗《约客》：黄梅时节家家雨，青草池塘处处蛙。有约不来过夜半，闲敲棋子落灯花。明唐伯虎题画诗：树合泉头围绿荫，屋横涧上结黄茅。日长来此消闲兴，一局楸枰对手敲。

衔墨，围棋分黑白子，尊方抓些许白子，另方以黑取单或双猜，猜中者选棋，因黑棋先行之利，一般都喜欢执黑先行，贴目也偏好执黑。好品相围棋，白子非白偏淡青，黑子看似黑的，实际上是墨绿色，对光一照，墨绿碧玉。

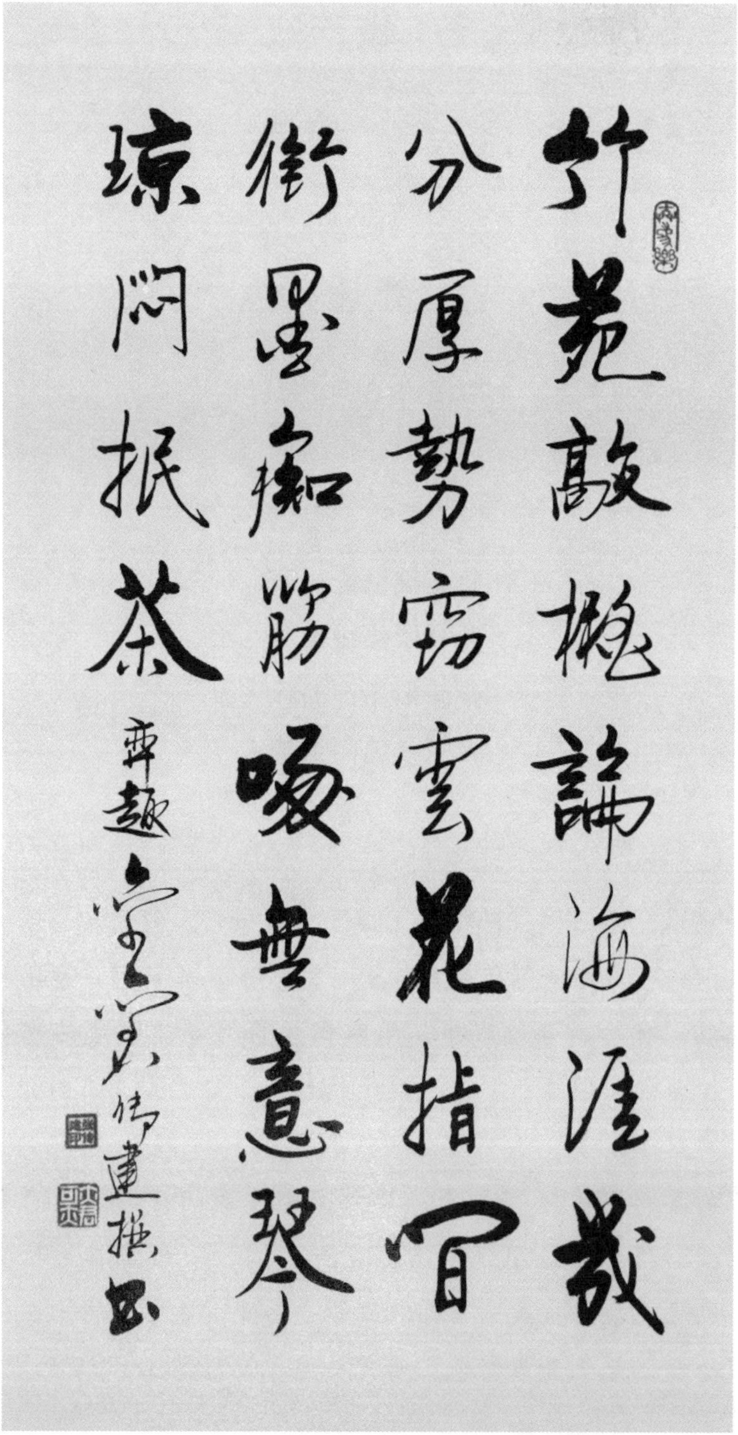

手谈（古风）

日月理乾坤，黑白含天地。
轮回无尽远，去来古今移。
老少山水悦，不分昼夜弈。
乌鹭烂柯故，神仙人间迷。
妙在胜负外，雅俗共此棋。

2014年五一节前夕，济南市围棋协会组织了五十岁以上人参与的市“元老杯”围棋赛。我有幸、侥幸、荣幸地获得第四名。虽意外所得，但是我数次参加此赛事以来的最好名次。故有感而发。几天来不断腹稿。现把我写的围棋古诗、归总术语等，一并呈请有爱好和兴趣的朋友鉴阅。

黑白天地：尖顶镇挖刺点夹，先手吊枷削打，攻掠白方阵地；飞关粘接托虎长，稳妥劫扑立官，渡守黑军城池。

对弈

播放着，悠扬的，古筝曲；
号钟、绕梁、焦尾、绿绮；
寻觅着，优雅的，围棋韵；
壁画吴清源，屏书兰亭序。

平常练习：
端坐，示礼，
尊者抓白，单双猜行，
乌鹭先后，入境落枰。
敲楸，布局，
序盘、中盘，
收官，
气定神闲，妙似楚庄王琴音绕梁，
数子胜负，愉悦于结果中。
始觉流淌的筝韵，胜方会说：
听，袁莎在抚拨《高山流水》……

偶尔情趣：
捉对，默许，
快者抓黑，执之抢行。
拍子，
战斗，
缠绕、追击，
劝降：
多么蓝的天呐！
也“啦呀啦，啦呀啦啦，啦呀啦……”
中盘结束，快乐在过程中。
断续听到的筝曲，观者会说：
哦，任洁正弹奏《渔舟唱晚》……

2014年8月23日、24日，伴随着济南市泉水艺术节开幕，济南市“友情杯”围棋邀请赛同时举办。比赛在刚启用的山东省棋管中心举行。济南市、周边部分市机关，省机关，中直驻济机构相关部门和事业、企业单位、大学的部分围棋爱好者（以前也有境外、国外的朋友）参赛。大家欢聚一堂，纹枰对弈，手谈交流，其乐融融。

古琴

远山流水几丝凝，
海角天边降与升。
焦尾号钟鸣恨爱，
知音否是以弦澄。

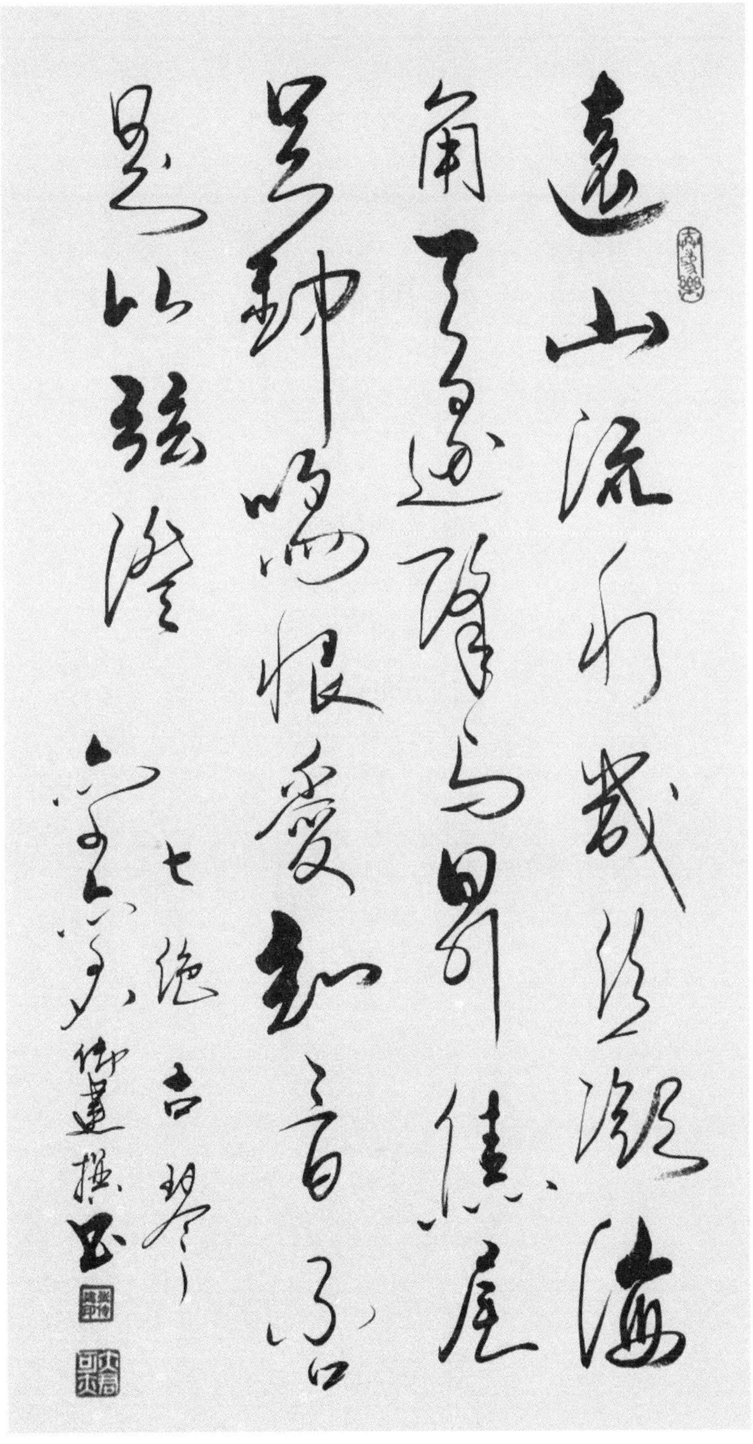

围棋

夕阳松侧敲楸崖，
皓月梳云卷竹帷。
黑白轮回三百六，
吴图万里任君驰。

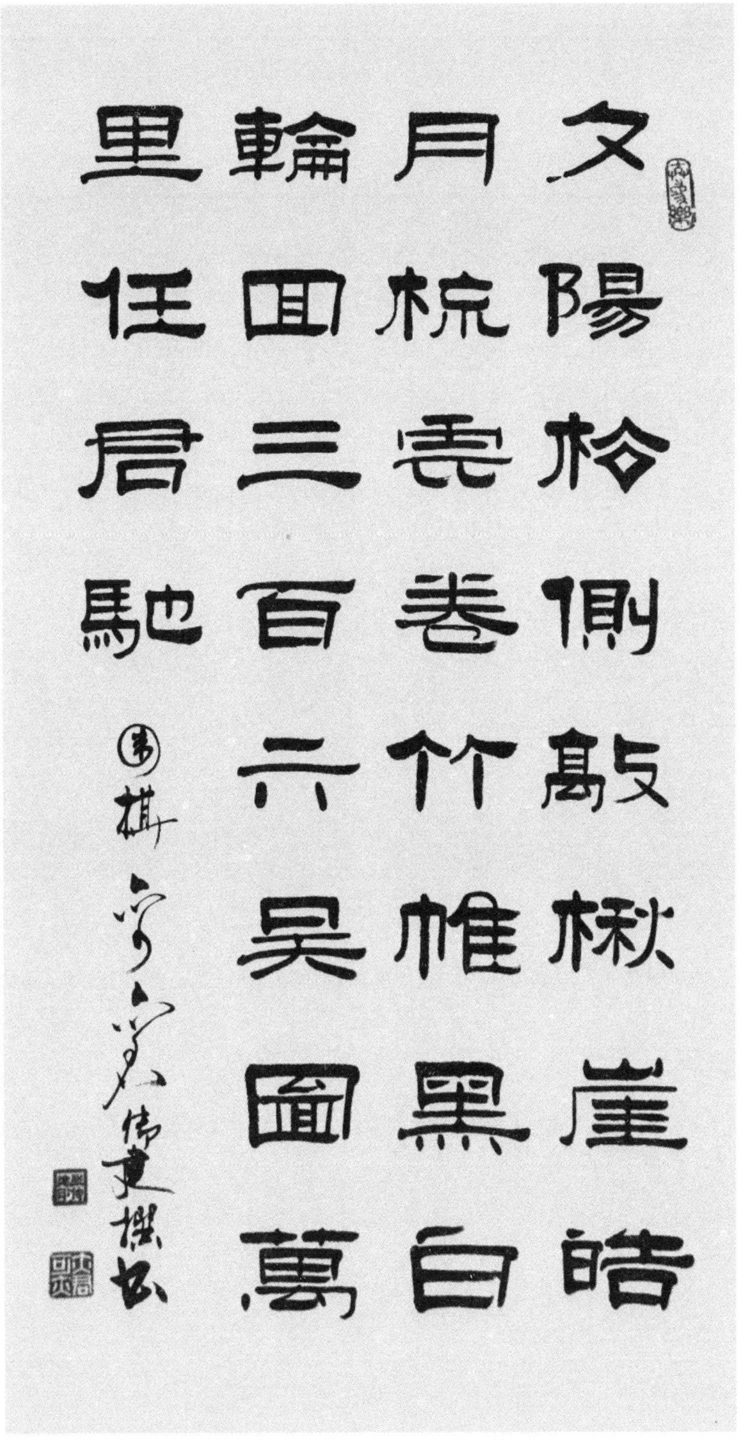

书法

龙游凤舞纸间痕，
镂月惊风曲线存。
篆隶楷行骈醉草，
云霄滴露影乾坤。

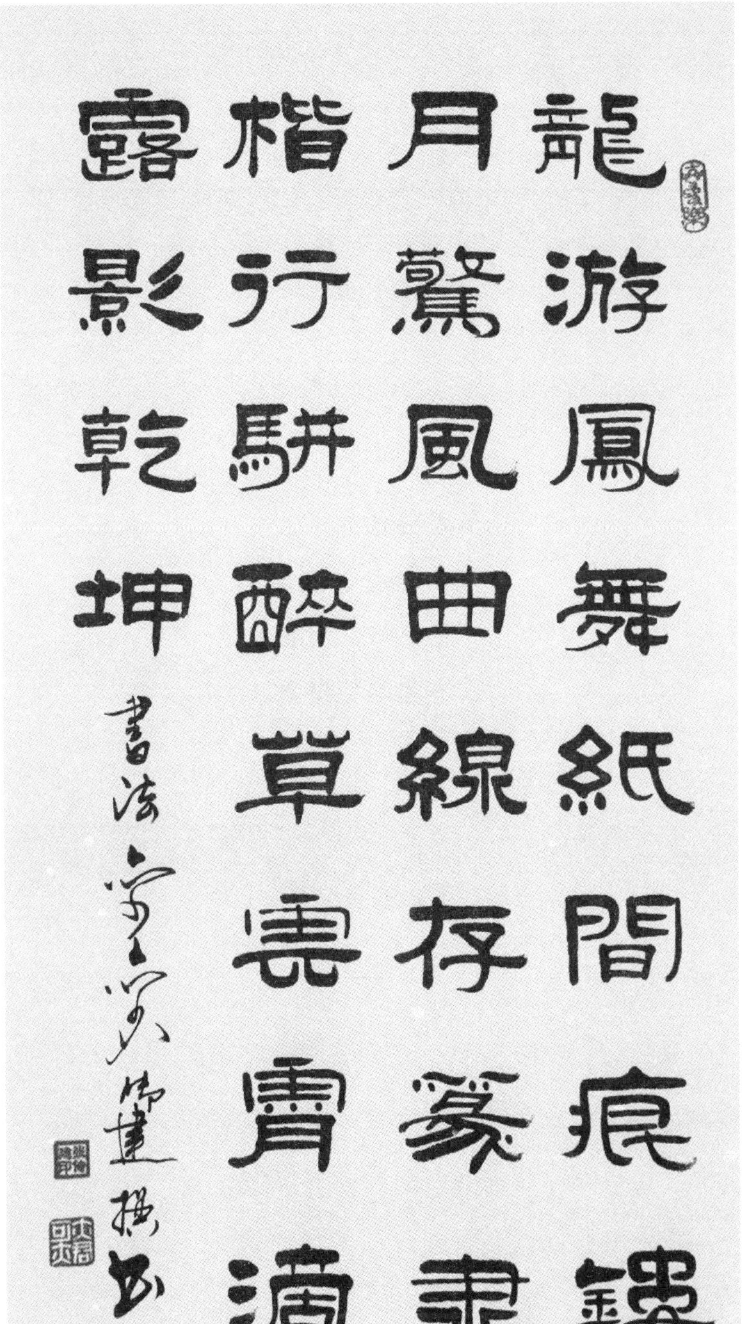
龍遊鳳舞紙間痕鏤
月驚風曲線存篆隸
楷行駢醉草書齋滴
露影乾坤

国画

泼墨春秋几尺方，
万千山水砚台藏。
一轮红日江青色，
收笔之时艳壁廊。

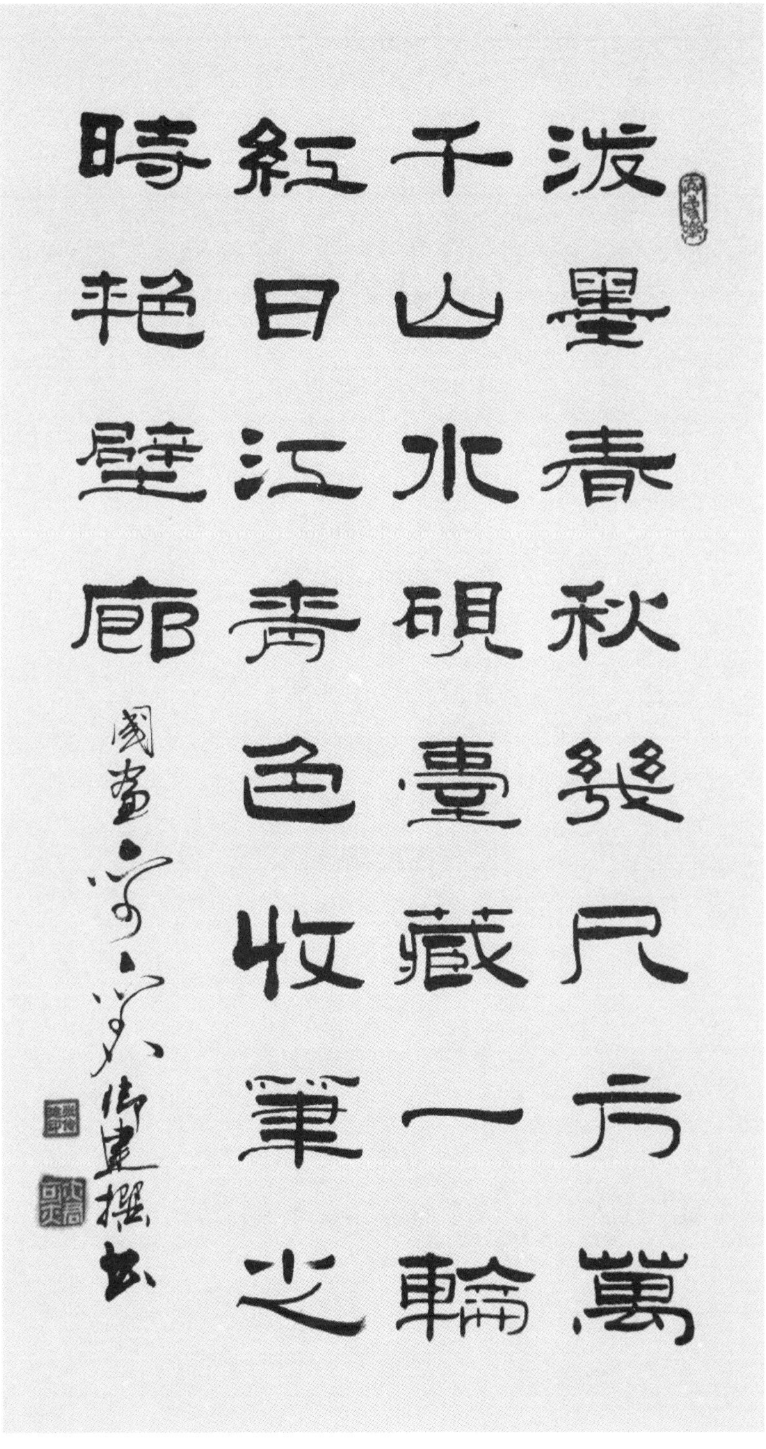
潑墨春秋幾尺方萬
千山水硯臺藏一輪
紅日江青色收筆之
時艷壁廊

铁线小篆

飞瀑流荷峭丽娃，
狐裙彫袖汲仙家。
相翁琴笛彰柔玉，
少监笙歌径赤霞。
妙点冰清衔顾影，
幽凝士活掖风涯。
红星砚墨雕晨梦，
彤管斋云绾月牙。

注：

铁线篆，小篆书体之一，自秦《泰山刻石》《琅琊台刻石》等玉筋书风中脱出。因纤细如线、刚劲如铁得名。小篆成熟于秦，因相李斯享盛名。唐李阳冰《谦卦碑》为铁线篆代表作。

相翁，秦相李斯。

少监，唐李阳冰曾任之职，有称李少监。

彤管，毛笔雅称。

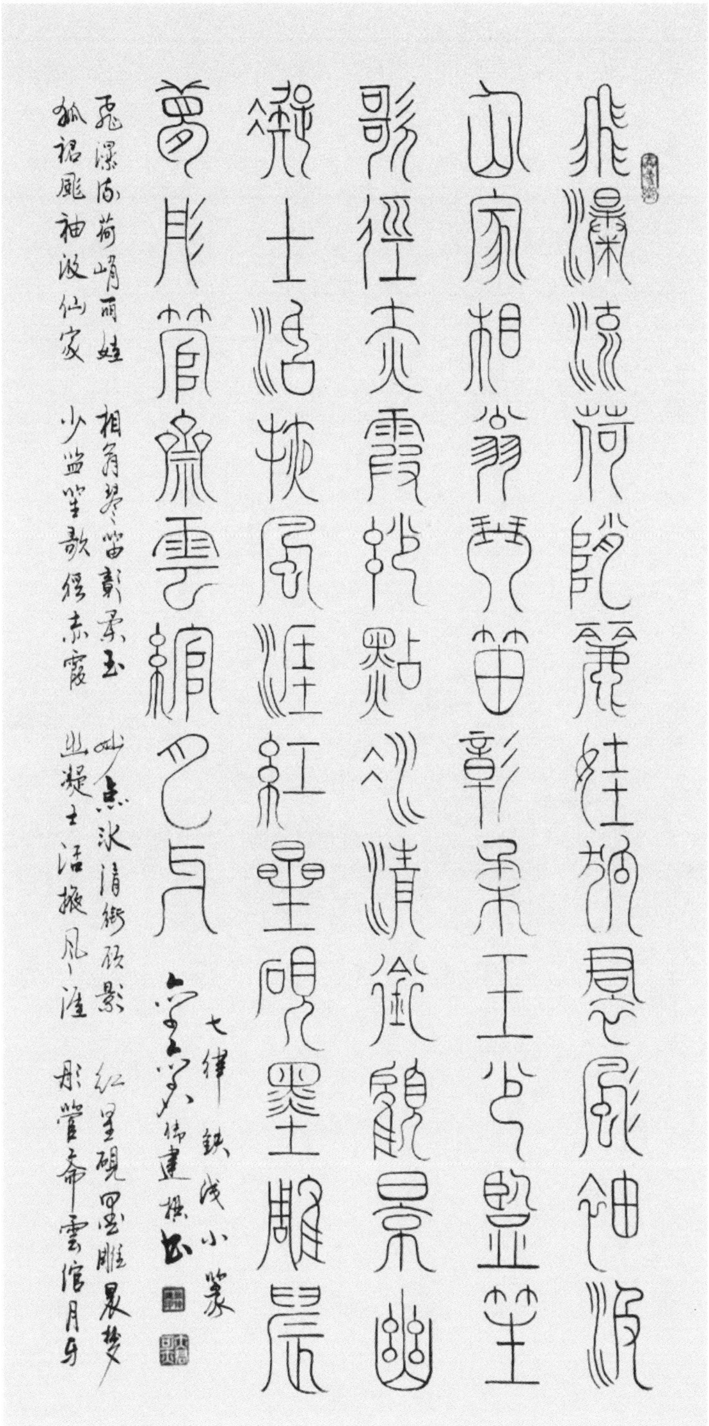
七律 铁线小篆

梅蘭竹菊

一剪梅　寒香暗度

（2014 年 12 月 31 日）

猎月红颜雪泪羞。
若恋仙娥，唇倚还愁。
探枝豆蔻意传云。
琴瑟祥鸣，
丹桂宫楼。

悄看邻芊榻自秋。
苦度寒时，独觉情柔。
暗香闺送侣波眉。
引玉龙来，
一剪歌舟。

箜篌曲　梅朵撩寒

（2014 年 12 月 31 日）

比玉白云腮，
冰骨冬里回。
羽衣身、幺凤相陪。
抖雪纤枝镶紫黛，
近声问，
几时开？

腊月已徘徊，
娇姿唤婆媒。
探头瞧、凉意齐枚。
洁貌傲寒香惹梦，
唱春象，
剪来猜。

暗香悟雪

（2016 年 2 月 6 日）

瘦枝轻语订新芽，
宫雪凝言别想赊。
春意郁然无答应，
奈将消息告梅花。

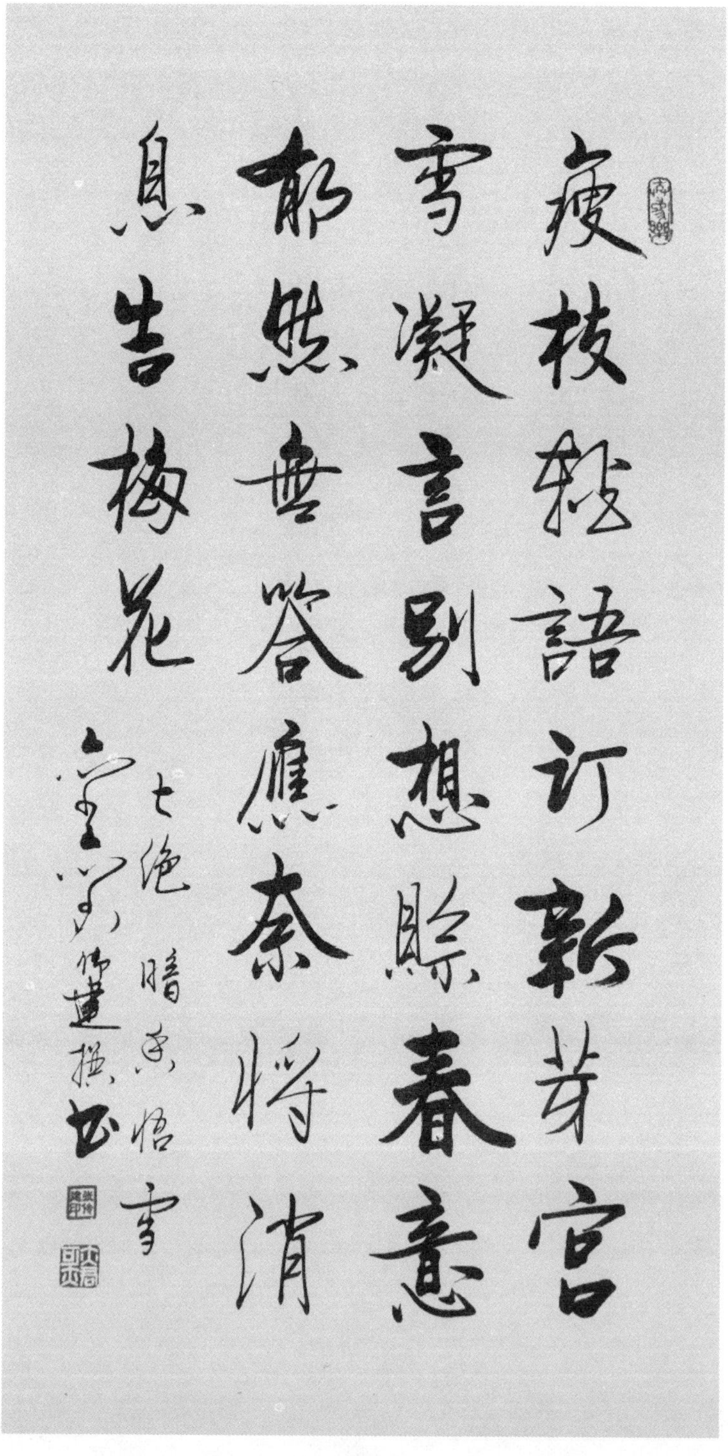

腊梅

（2016 年 2 月 6 日）

探枝青萼掠朝晖，
浴更狐裘白玉衣。
素面红唇言未寄，
雪肌香暗鹤传归。

墨兰

（2017 年 1 月 13 日）

若雪幽香羽小霞，
帆舟鹜外岭春芽。
腊凝梅骨今消息，
云灏琳涵入本家。

墨兰，兰花的一种，别名报春兰、报春花。

鹜外，一说忙碌奔走之意。又，宋贺方回浣溪沙句：鹜外红销一缕霞，淡黄杨柳带栖鸦。

此诗为纪念和祝愿这天出生的孙女琳涵而作，云灏亦是一种美好的愿望和期待。

娇兰

（2016 年 2 月 6 日）

淡水清流自品纯，
容香俏递翠屏循。
施鲜剪绿猜飞蝶，
合叶参差入碧茵。

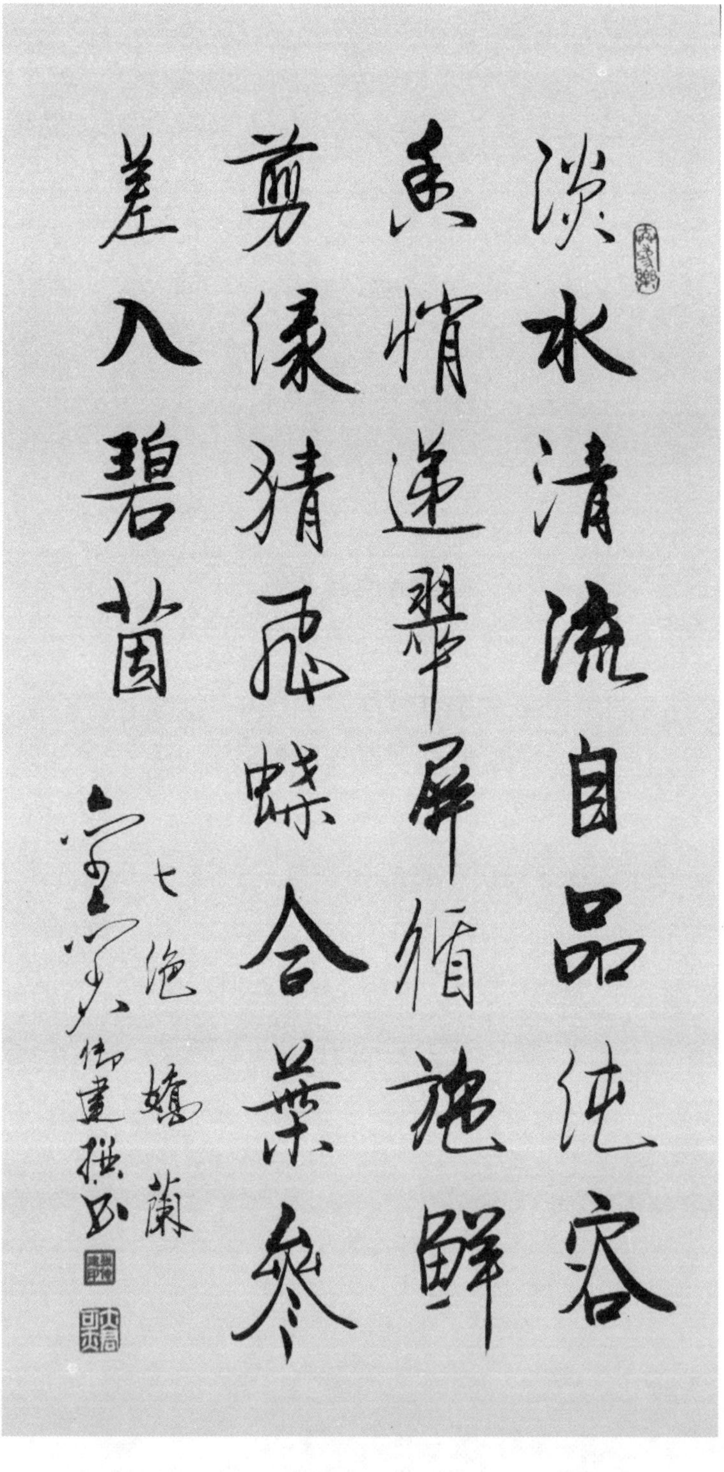
淡水清流自品纯容
剪缘猜飞蝶合叶参
差入碧茵
七绝 嬉兰

雪竹

（2016 年 2 月 6 日）

目秀眉姿密翠帏，
玉龙游苑捉珠玑。
从来嵇阮文贤骨，
亦是勤朝吏贵祈。

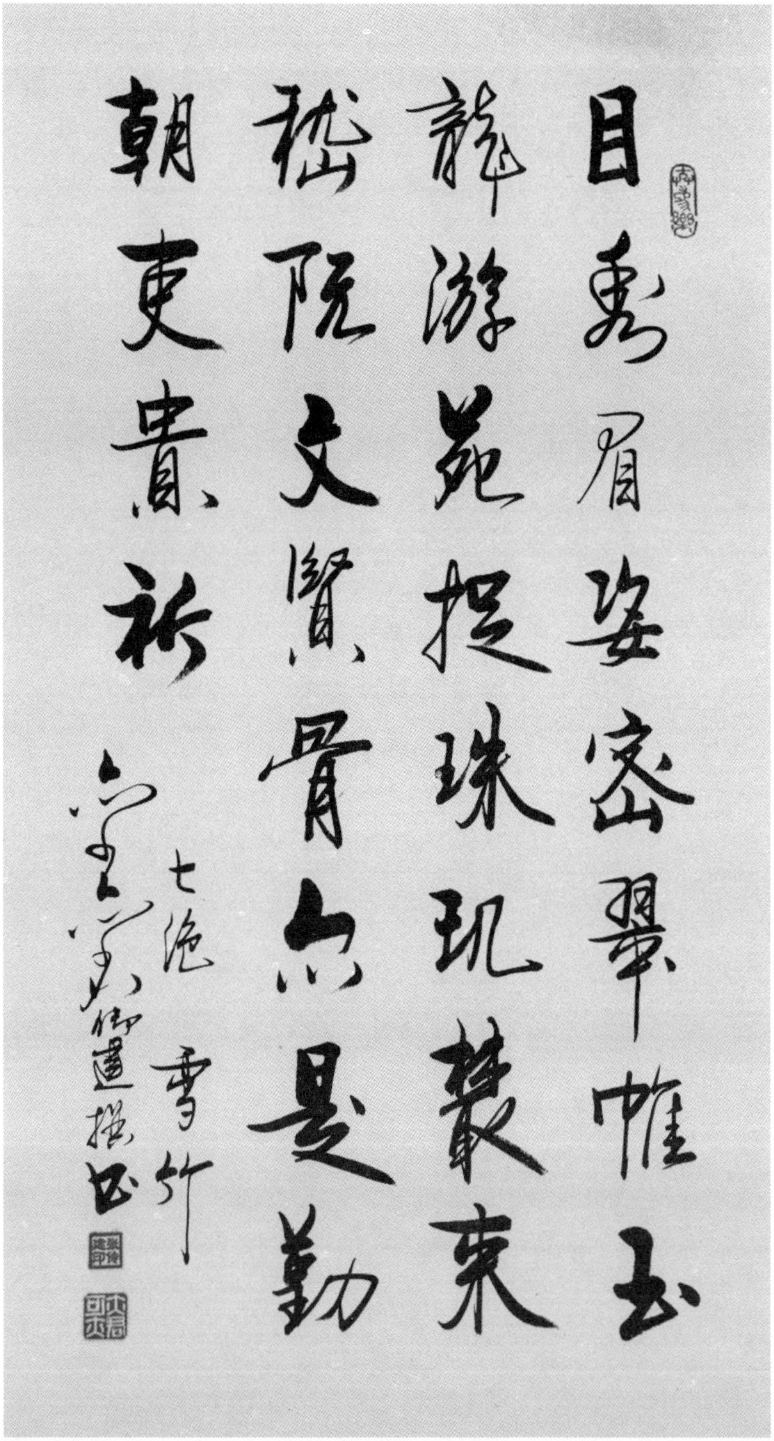

秋菊

(2014 年 11 月 23 日)

黄华金玉出闺门，
友竹梅兰节似君。
秋觅知音司诤语，
和颜流色不贪春。

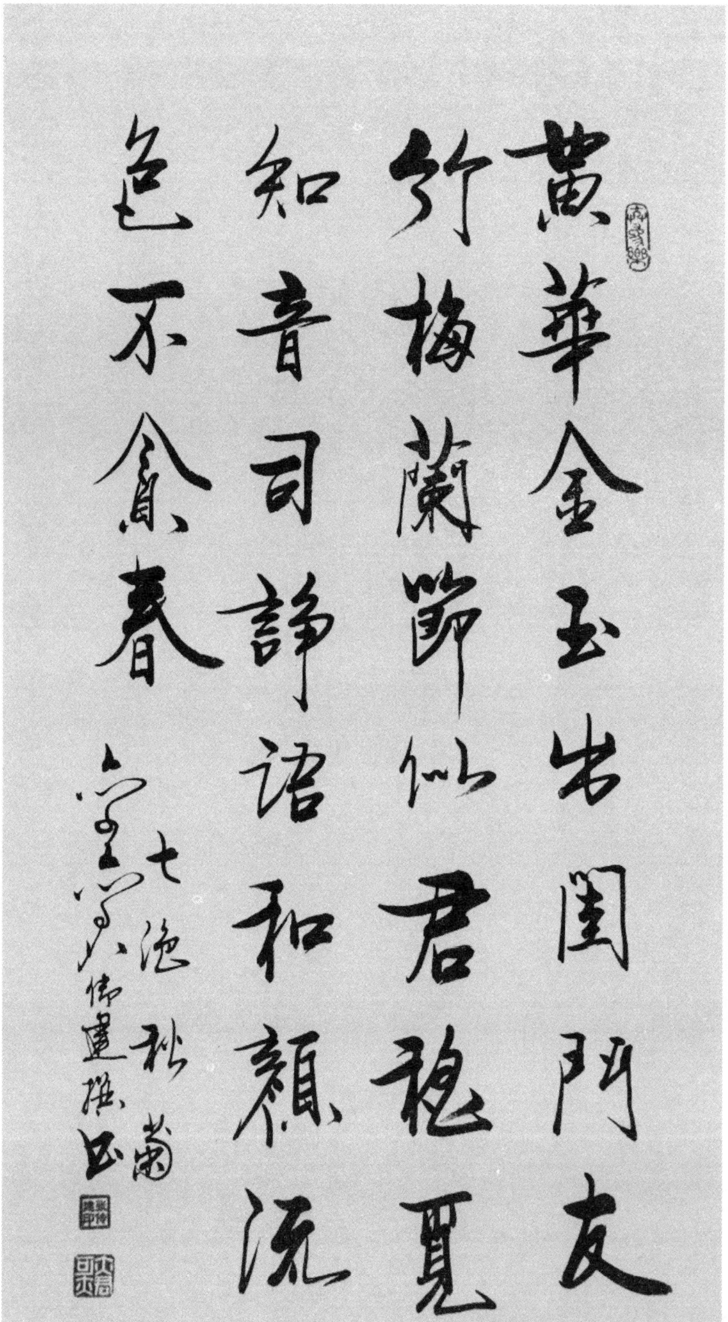
黃華金玉出閨門友
竹梅蘭節似君覓
知音同靜語和顏流
色不愈春
七絕 秋菊

卜算子　节竹

（2014 年 12 月 14 日）

竹梦博芊宫，
冬雪寒消苑。
春夏秋环礼友宾，
伴秀琼霞婉。

不与朵争红，
偶尔呈枭艳。
节气流芳正本仪，
青脸传习惯。

彩菊闹秋

娇洁、鲜润的女华，
染色秀发，紧忙着，
攀绿墙、编果篮、彩亭廊；
会水的，摇着兰桨。

鹅黄朵，系飘带、深腰靴，
安静列队凝视，微笑俯仰。
陆海空集结齐在，
谁能来检阅情长。

柳枝舞风，伴泉清脆歌唱，
金牛山间，添画流光，
仙童入境，鹤颜发翁：
不识己，心之迷，菊也过？

曲曲阁琴韵，
悠悠彼此芳。
回回诗赋景，
每每醉秋黄。

品茗禅云

西湖龙井

（2016 年 4 月 1 日）

神丹一把呷中华，
君点胡公十八茶。
绛雾开天琼袅袅，
横空灵隐梦唐霞。

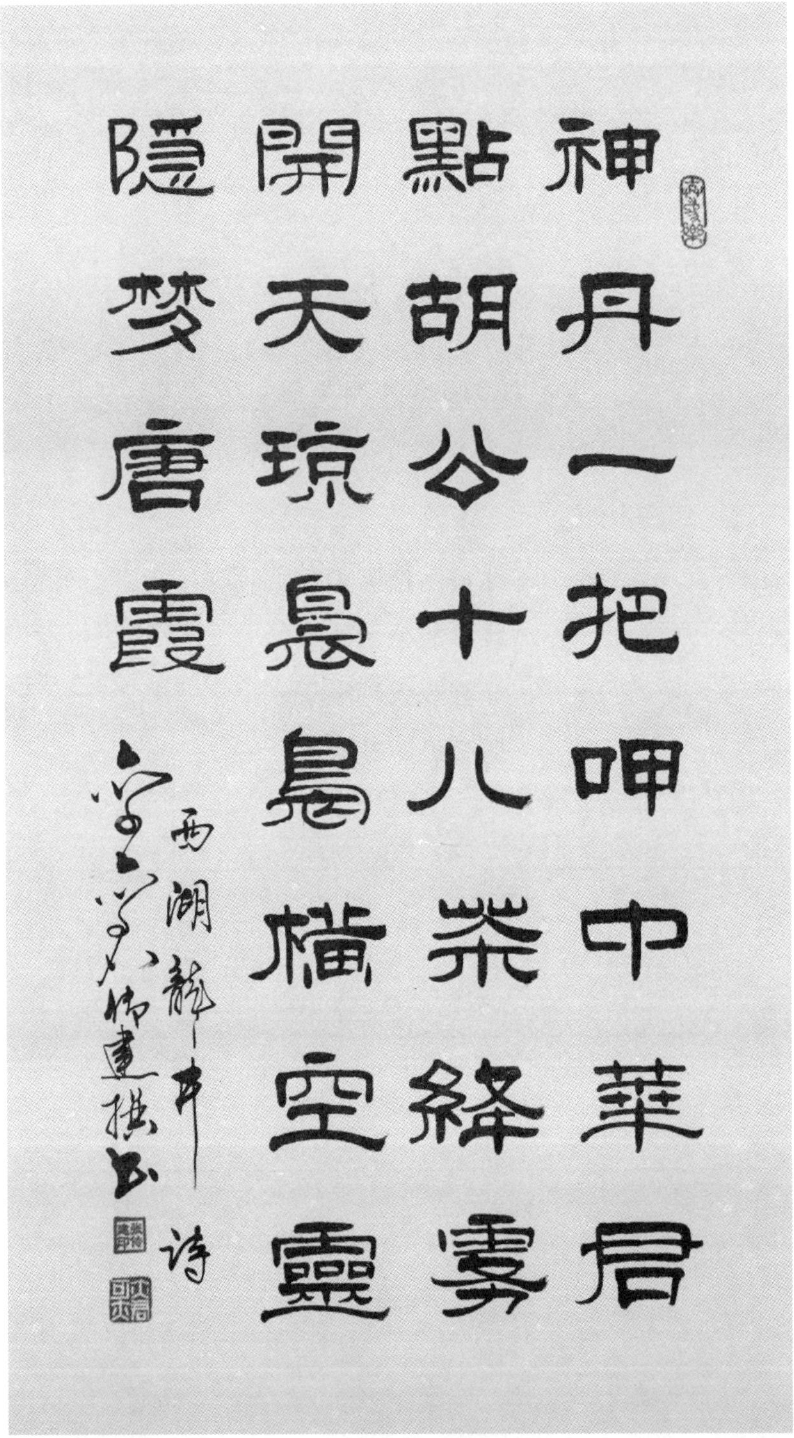
神丹一把呷中華君
點胡公十八茶絳雾
開天琼島島横空靈
隱梦唐霞
西湖龍井詩

洞庭湖碧螺春

（2016 年 4 月 1 日）

新血功夫佛动身，
千年撬得帝王唇。
白云翻浪清香露，
饮到真时吓煞人。

吓煞人香，碧螺春茶原名。清康熙皇帝赐碧螺春茶名取而代之。

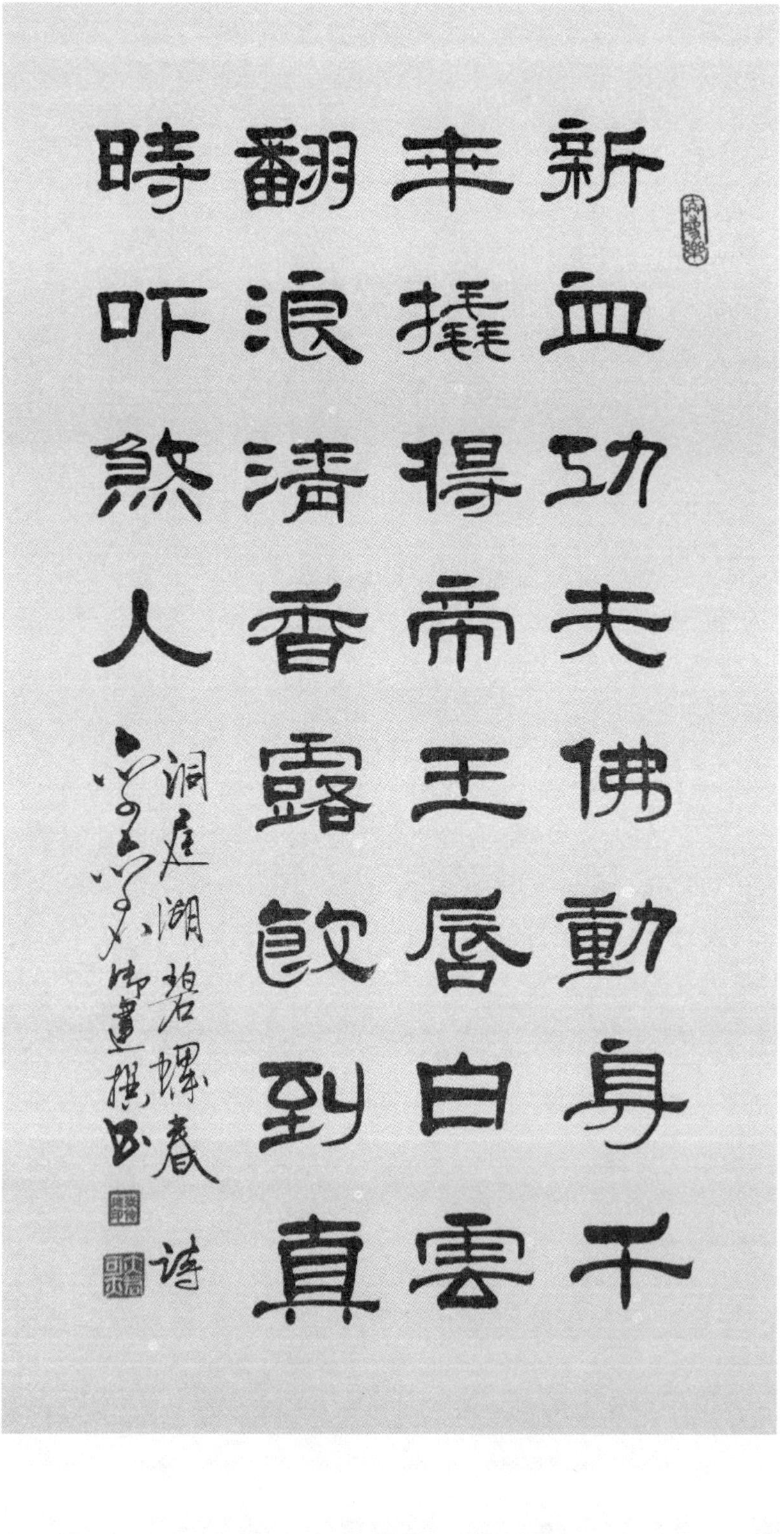
新血功夫佛動身
千年撬得帝王唇
白雲翻浪清香露
飲到真時吓然人
洞庭湖碧螺春 诗

黄山毛峰

（2016年4月1日）

金黄出霭泡醇甘，
岁月如烟辑翠岚。
沉叶砌心来往事，
尘间滋味一盅函。

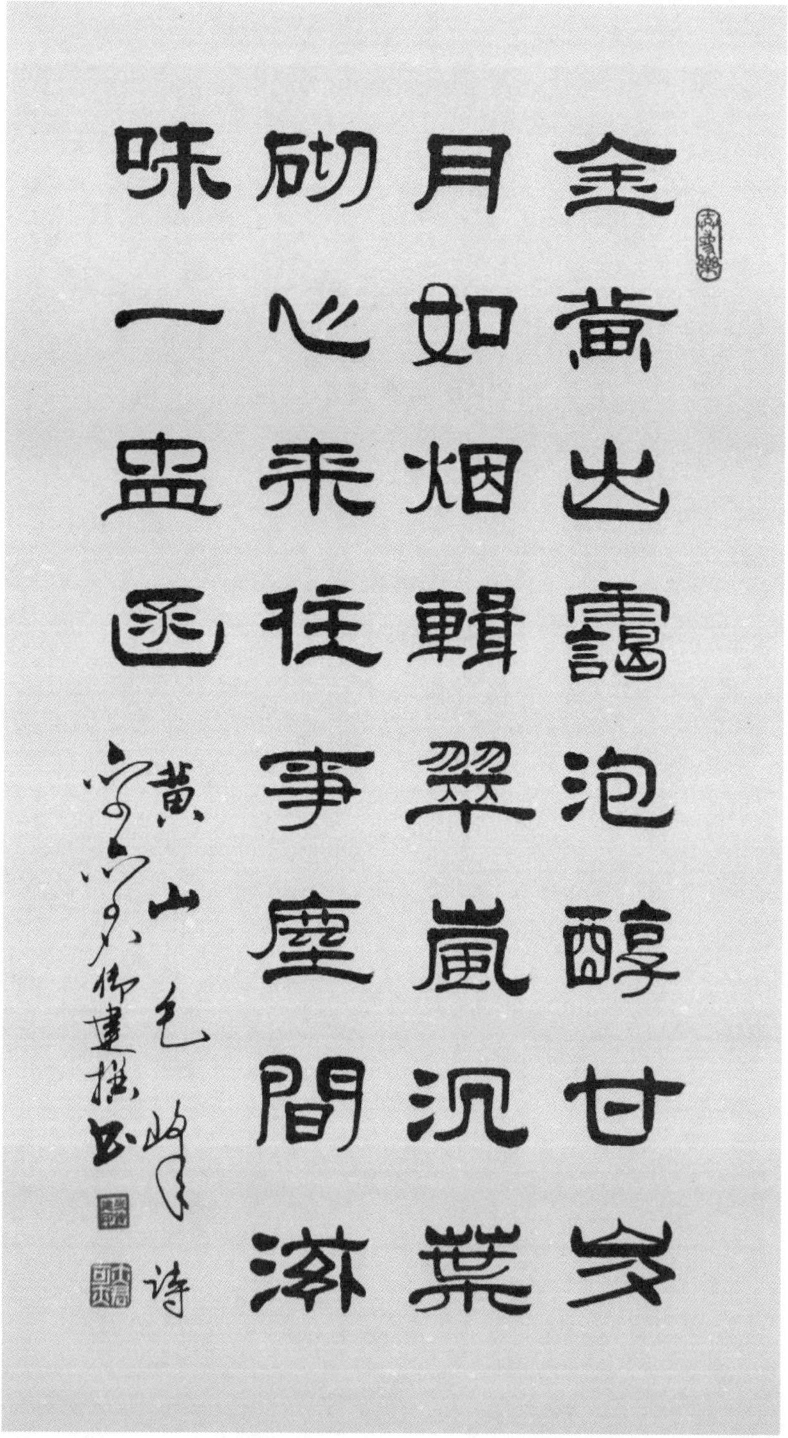
金黃出靄泡醇甘爽
月如烟輯翠嵐沉葉
砌心來往事塵間滌
味一盅
黃山毛峰詩

庐山云雾

（2016 年 4 月 1 日）

钻林云雾罅中储，
慧远禅心雪不如。
汤色月明红日汲，
碧溪幽茗特殊庐。

雪不如，北宋黄庭坚诗云：“落硙霏霏雪不如”，说明磨中碾成粉末的茶叶，因多白毫，其白胜于雪。可见宋时已有了云雾茶。

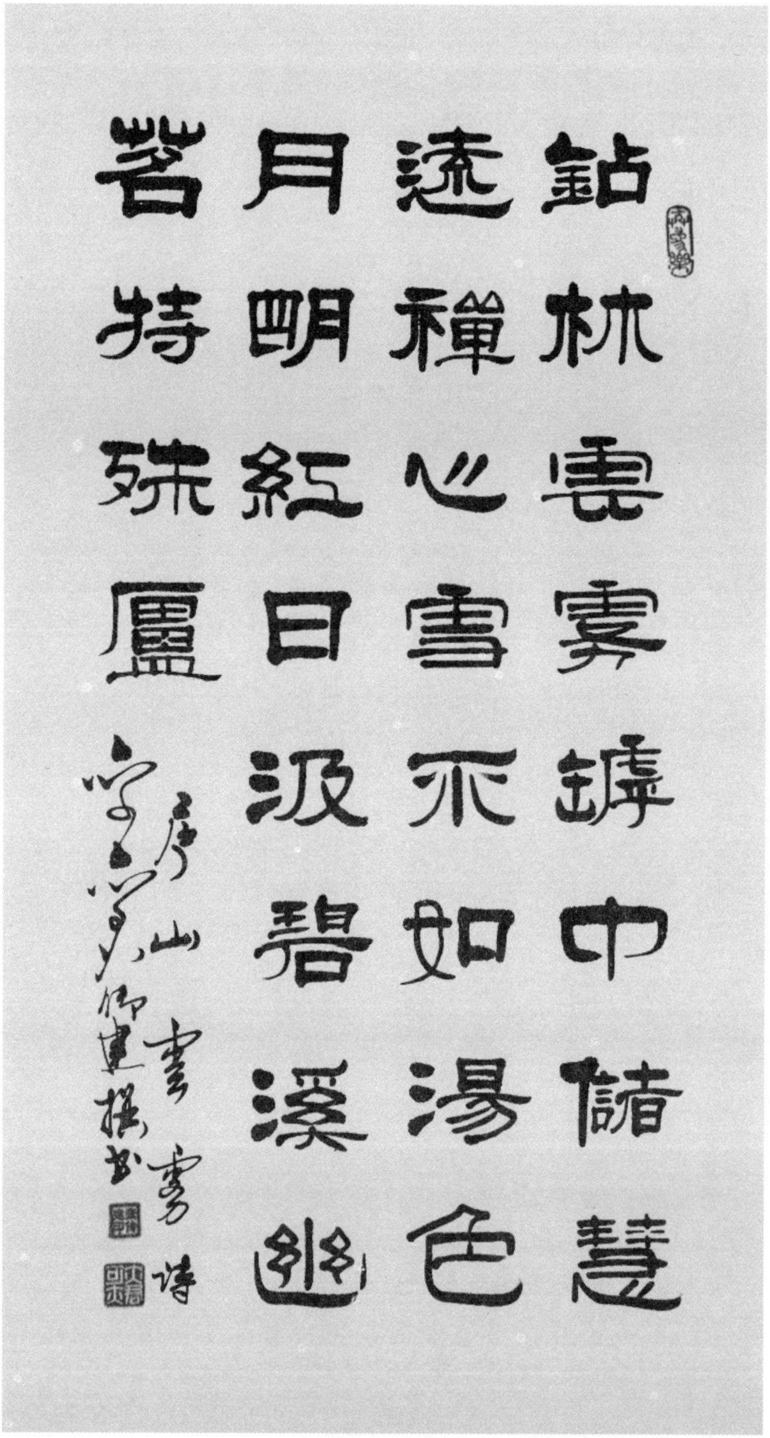

六安瓜片

（2016 年 4 月 1 日）

单片无芽小凤团，
纤纤缕缕户香澜。
东西南北齐山雾，
顿感迷猜是六安。

凤团，宋代贡茶名，上等茶末制成团状，印有凤纹，故名。宋周邦彦《浣溪沙·春景》语：“闲碾凤团消短梦，静看燕子垒新巢。”明李东阳等联诗：“何日一酌中霖水？重试君谟小凤团。”清俞蛟《潮嘉风月记丽景》：“左家娇女风流甚，为我除烦煮凤团。”

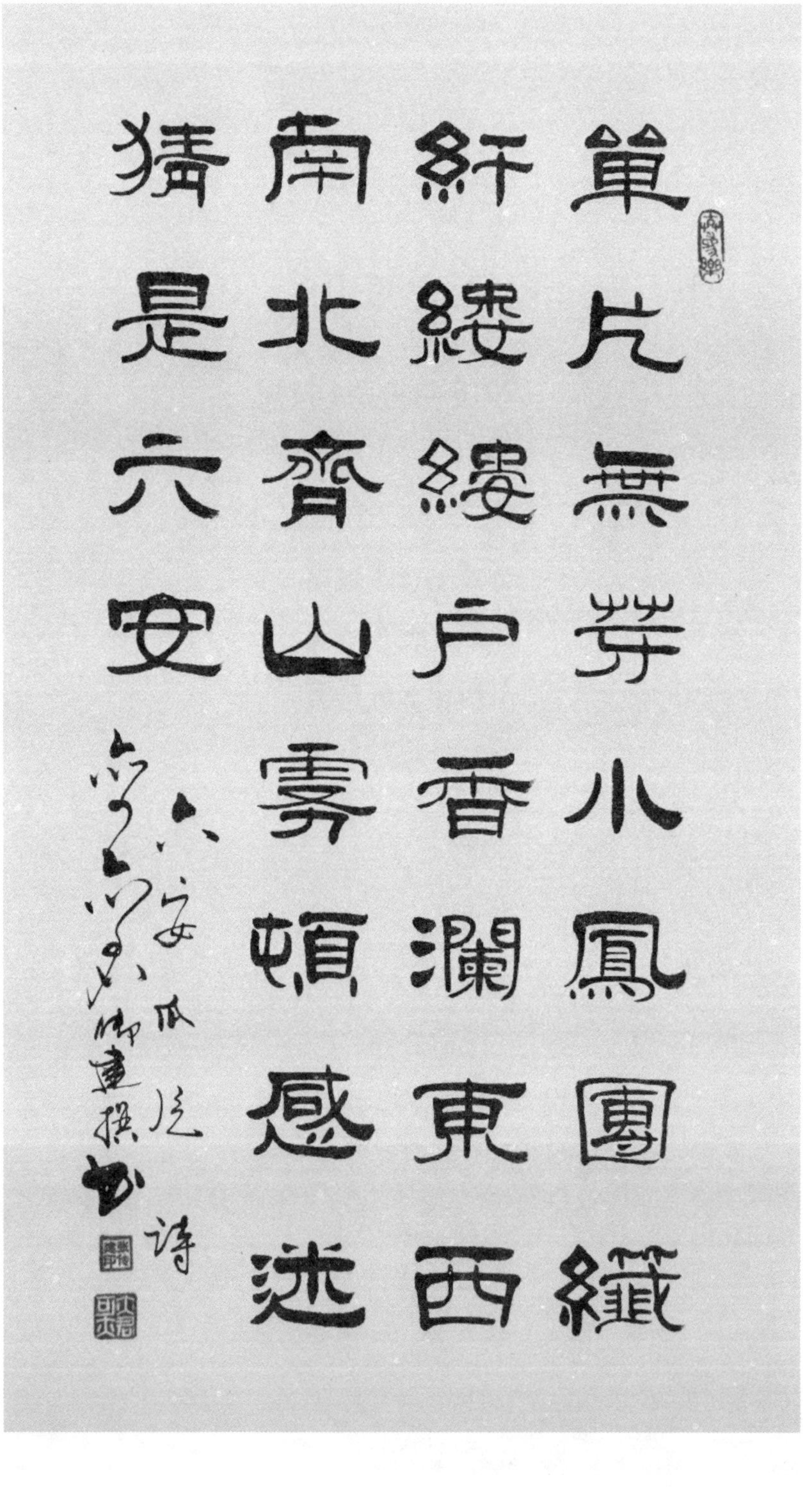
單片無芽小鳳團纖
纖縷縷戶香瀾東西
南北齊山壽頓感迷
猜是六安

君山银针

（2016 年 4 月 1 日）

青螺三起竖银针，
水潋云悠渚柳琴。
白鹤金镶湘竹始，
蒹葭僻处饮知音。

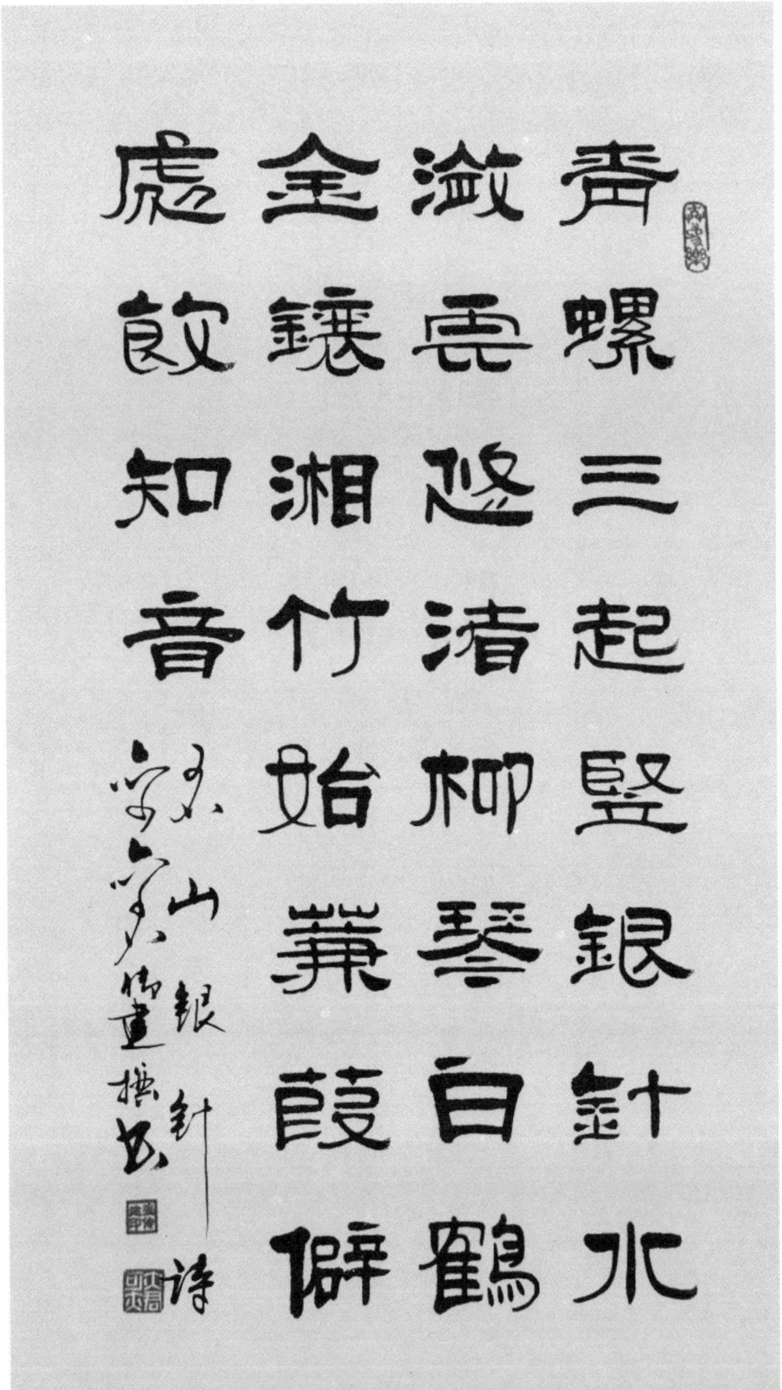
青螺三起竪銀針水
激亮悠清柳琴白鶴
金鑲湘竹始蒹葭僻
處飲知音
銀針詩

信阳毛尖

（2016 年 4 月 1 日）

羽说淮南第一名，
茶津唤界递曾经。
那湾岭水明珠碧，
洽醉餐前好酒丁。

羽说，指唐陆羽《茶经》说。《茶经》是中国古代最完备的一部茶书，被誉为茶叶百科全书。

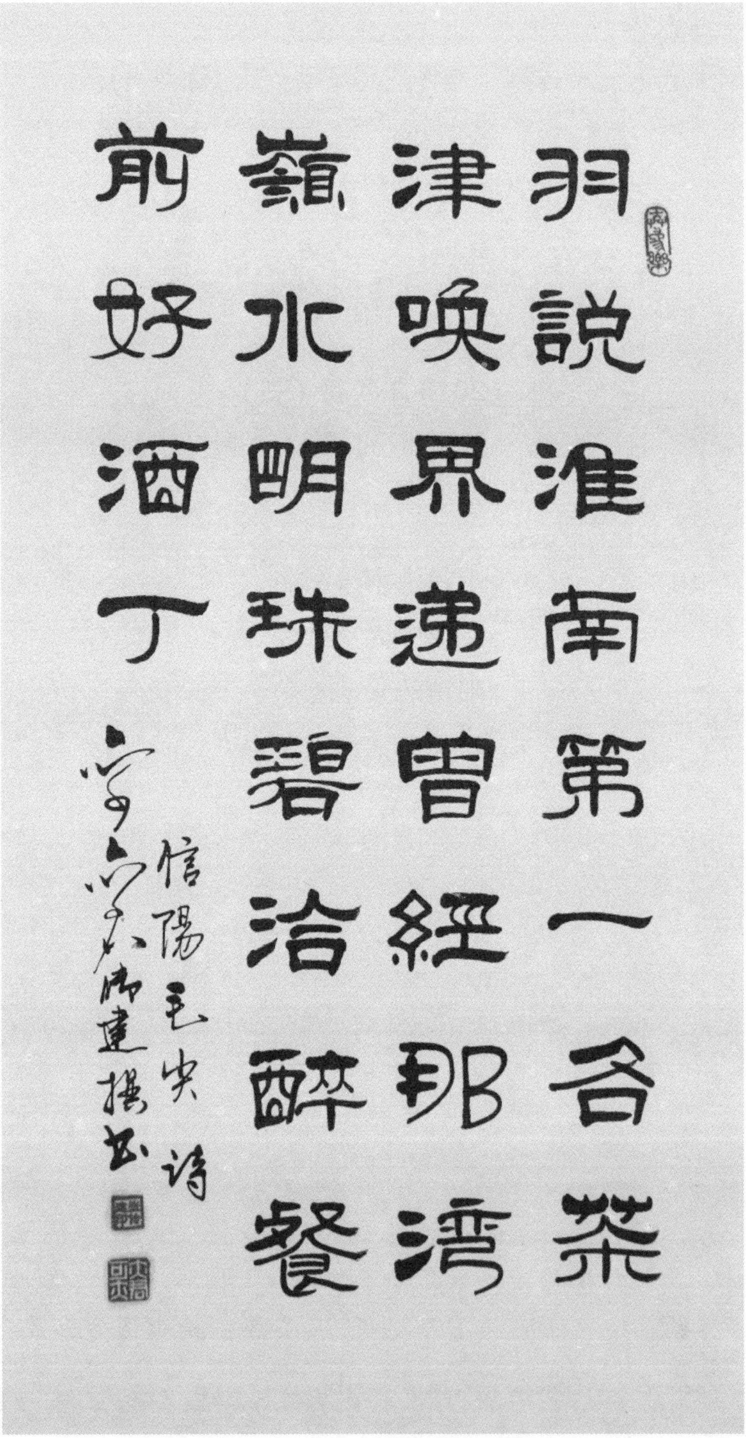
羽說淮南第一名茶
津喚界遞曾經那灣
嶺水明珠碧洽醉餐
前好酒丁
信陽毛尖詩

武夷岩茶

（2016 年 4 月 1 日）

乌龙岩上摘春桃，
绿叶朱边骨韵嚣。
寺外丹霞萦九曲，
芳菲最煮大红袍。

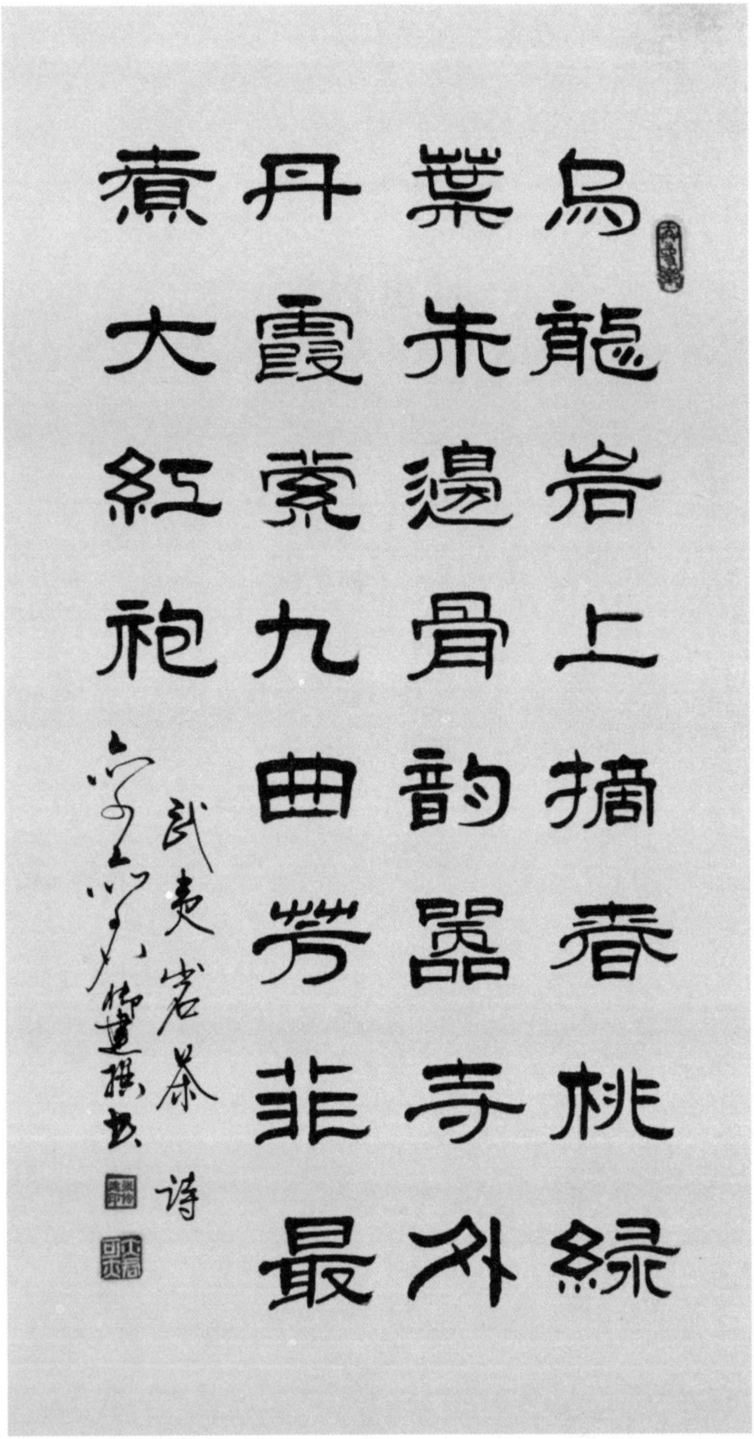
武夷岩茶 诗

安溪铁观音

（2016年4月1日）

观音阶吉采青禾，
春水秋香月露过。
纯雅礼和临一案，
飞云绝处捉婆娑。

纯雅礼和，福建安溪铁观音茶艺专家李波韵先生倡导、阐释的茶道精神。

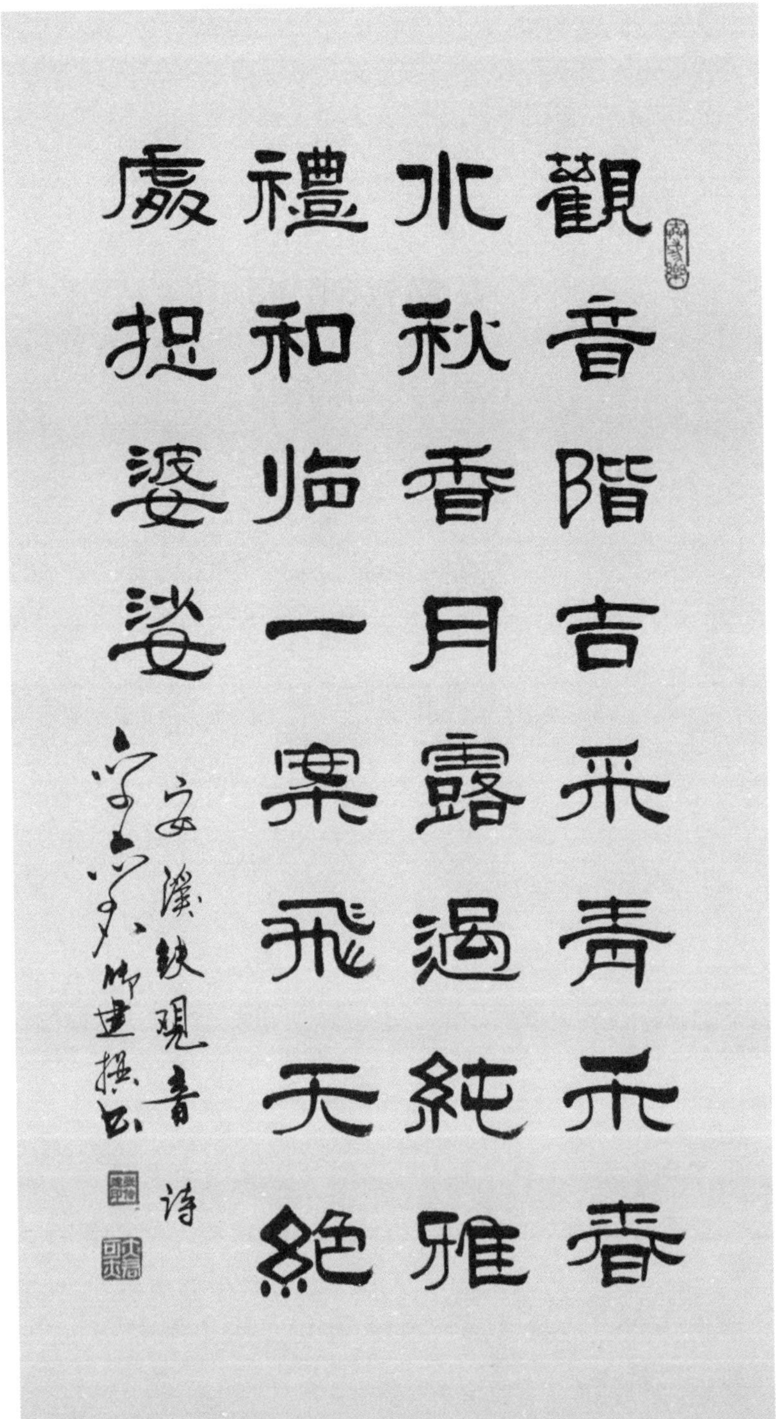
觀音階吉禾青禾春
水秋香月露過純雅
禮和臨一案飛天絕
處捉婆娑
安溪鐵觀音詩

祁门红茶

（2016 年 4 月 1 日）

文客悠悠坐案几，
白瓷乌黑宝光围。
入门今是群芳最，
来日还将饮贵溪。

百年来，十大名茶的说法颇多。此作所涉及的十大名茶，是以 1959 年全国“十大名茶”评比会评选公布的十大名茶为引。

文客悠悠坐案几白
瓷烏黑寶光圍入門
今是群芳最來日逐
將飲書溪
祁门红茶 诗

忆秦娥　江北茶区

(2016 年 4 月 8 日)

长江北，
丛生几上青汤液。
青汤液，
毛尖记者，
辑云编日。

冰封雪里梢书碧，
春秋入画千般色。
千般色，
杯中闻摘，
蕙兰箫笛。

浪淘沙　江南茶区

（2016 年 4 月 8 日）

黑白绿红黄，
婀娜沉汤，
把杯已是古今详。
天上尘间多少事，
尔在身旁。

风雨几消长，
惊梦思乡，
删愁淡恨沥云觞。
泰伯八音千万里，
雀舌收藏。

泰伯，吴国第一代君主，吴文化创始人。

菩萨蛮　西南茶区

（2016 年 4 月 8 日）

平川新叶丝丝句，
高原云贵枝枝语。
藏色几分蓝，
驶过多少贪。

六山千古艺，
紧压盯红碎，
七子不分疆，
往来天竺香。

太常引　华南茶区

(2016 年 4 月 8 日)

聆风闽客饮闲茶，
隔岸话天涯。
冻顶冠青丫，
那可是乌龙一家。

水仙浪菜，
香飘波峡，
味道共奇葩。
待圆月无瑕，
榕树下嘘寒煮芽。

倚邦茶山

（2016 年 4 月 8 日）

史闻茶古采岚青，
十万耕耘雾里丁。
邦马烽烟丛外起，
家空九室树昏冥。
宋云元店虚山道，
街贾骑牛壁画零。
遗亮木梆时正舞，
群芳冠压荤明星。

易武茶山

（2016 年 4 月 8 日）

蜀汉初晨试药时，
盛唐商贾茗生奇。
乱云飞渡明朝暗，
风卷萧条穷走夷。
石屏浇园新叶发，
毛茶寺庙旧枝追。
今逢古道芬芳色，
饮就天然梦里碑。

革登茶山

(2016年4月8日)

卧龙栽罢此茶冠，
紧压乾坤玉液澜。
叩采天时擎酒祭，
放歌笙后设封坛。
三台祈愿红尘事，
一盏清心济世安。
称饮感恩神庇佑，
韬光致远解千难。

攸乐茶山

（2016 年 4 月 8 日）

基诺铜锣击，
回甘滑厚汤。
鏊芊名冠甲，
峰野气高扬。
老树茸毛绿，
新芽晒赤芳。
莫问何年岁，
一沏逛天堂。

蛮砖茶山

(2016 年 4 月 8 日)

大叶种茶古，
埋砖谒蜀卿。
白毫千万担，
深绿一壶贞。
舌面先施苦，
喉头再味惊。
暖风吹岭秀，
把盏倍思明。

曼撒茶山

（2016年4月8日）

盛唐华夏月，七子饼窥宫。
利润城芽紫，商园采嫩红。
民间浆作食，朝廷品心忠。
甘苦三杯尽，柔刚两颊逢。

由于传说、史料、碑刻等对普洱茶古六大茶山各说不一，本组诗的普洱茶古六茶山，依据1957年底，西双版纳傣族自治州人民政府组织专业茶叶普查工作队，对古六大茶山进行实地普查（云南省农科院茶叶研究所第一任所长蒋铨先生全程参加，历时一个月，行程1200余里，走遍了古六大茶山的山山水水，村村寨寨，走访了许多男女老少，查看了许多碑石记录）搜集第一手资料，认定并得到州人民政府确认的古六大茶山，即：易武、倚邦、攸乐（基诺）、漫撒、蛮砖和革登。2010年4月在易武举办的首届云南西双版纳普洱茶六大古茶山茶节，亦是以上六茶山。

经过懂过

（2016 年 4 月 26 日）

雪山云步小金沱，
甘苦虚怀煮懂过。
莫急双江孚尾水，
开汤拈品岸边歌。

对懂过茶有新认识，是经尊敬的执教于厦门大学的马来西亚籍林宛莹教授引荐，她把所拍照片、题诗传给我，我欣赏教授的照片和拜读美诗后受启发而作了七绝。相对而言，懂过茶与其它普洱茶的不同处在于，开汤苦味浓重且稍久，尾水越来越甜亦持久。有言道尾水甜是好茶。这与其生长在邦马大雪山余脉相关联。懂过本来是云南双江县的一个村名，茶叶以该村名命名后，特别有意思。我读了林先生的诗后仔细查阅了资料，深受启发。懂过、经过，经过、懂过，茶、文化、哲思等无不在其中。一杯岚茗品人生，多少滋味在其中。

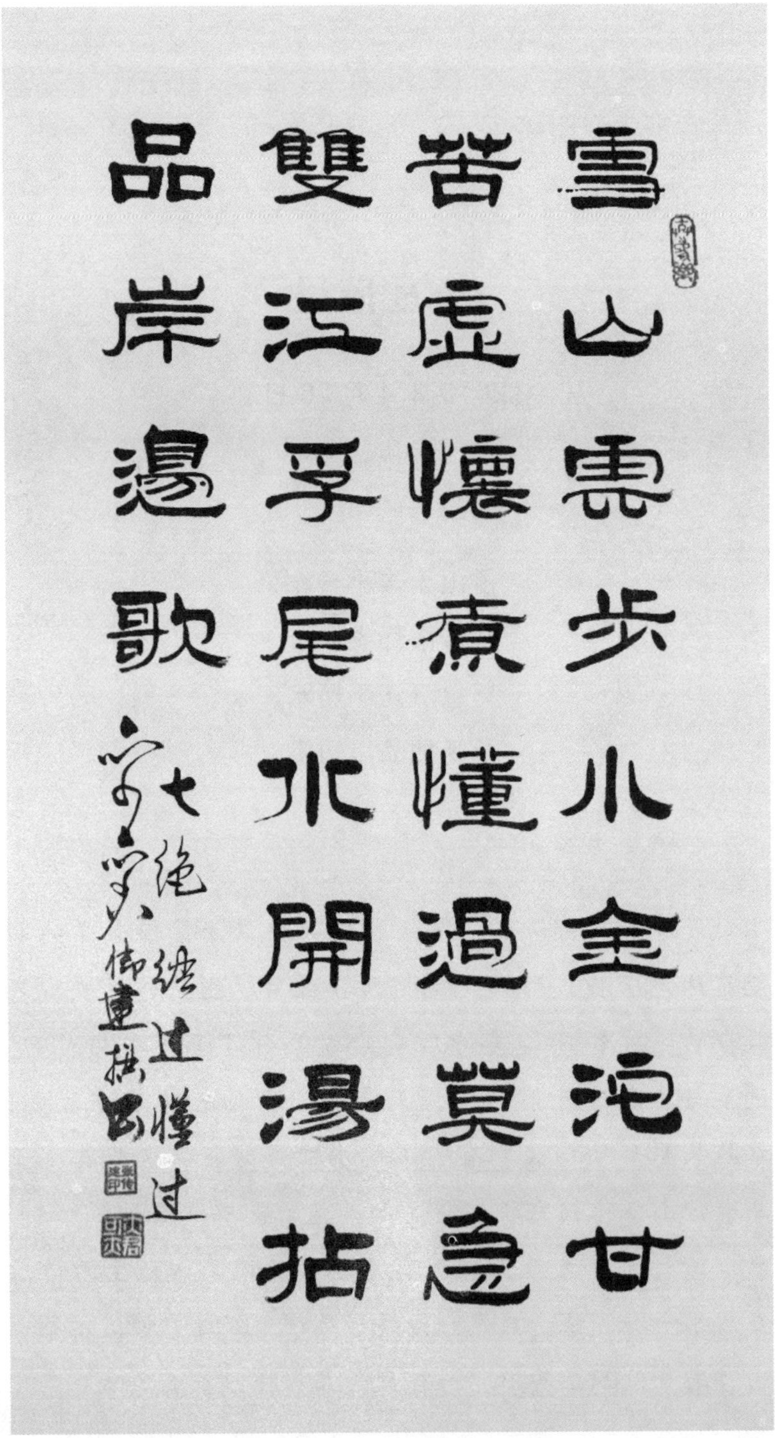
雪山惠步小金沱甘
苦虛懷煮懂過莫急
雙江孚尾水開湯拈
品岸邊歌

高山竹叶青

（2016 年 5 月 6 日）

雪芽论道步云屏，
禅味澄名竹叶青。
惹意峨眉听玉腕，
皂苷兼得佛光灵。

前几天，朋友的女儿去峨眉山带回新茶，朋友分送我一盒，品后作此诗。该茶前称雪芽，陈毅元帅应僧人之邀取名竹叶青。竹叶青茶分为：品味、静心、论道三级，论道最为稀缺。

玉腕，洁白温润的手腕，借指堂上斟茶罗裙素女。宋苏轼诗：“玉腕揎红袖，金鐏泻白醅。”清刘献廷：“百人数珠缠玉腕，爱他名唤美人蕉。”

皂苷，据资料，陆地高山植物和海星、海参等海洋生物中存在的微量元素。竹叶青茶和人参、桔梗、甘草、柴胡等都含有皂苷。皂苷有抗菌、解热、镇静、抗癌等功效。

山东日照绿

(2016 年 5 月 19 日)

岸边沉妙觊觎湾，
亳尔琼花碧海还。
江北沏纯因日照，
雪青风景阅岚山。

亳尔，山东日照绿茶的知名品牌。日照绿茶被世界茶学家称为三大海绿茶城市之一。

山友逢雨

（2016 年 4 月 29 日）

秀川山色最桃花，
春雨侵侵逗幼芽。
风扯新岚移石径，
塔松亭处品青茶。

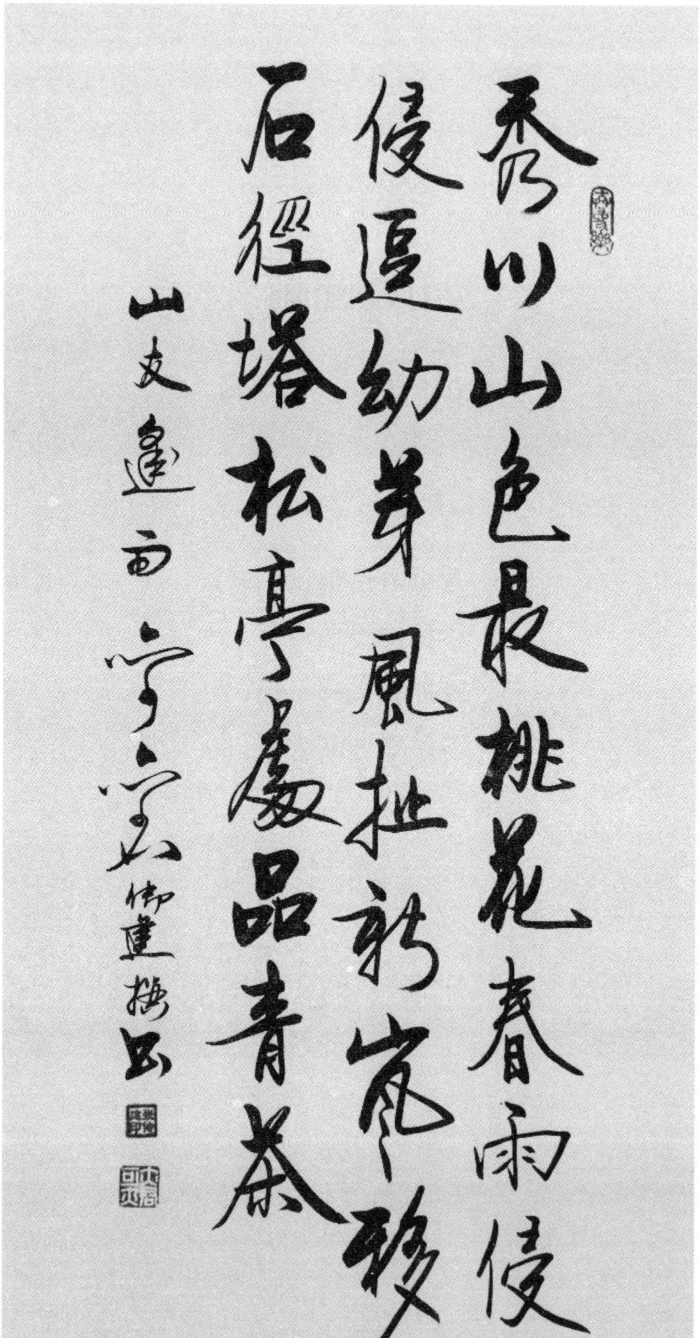
秀川山色最桃花春雨侵
石徑塔松亭處品青茶

一杯清茶

（2015 年 11 月 6 日）

山岚莫测的明前，
延绵，延绵着，
红几上的纱帘，
丝丝袅袅般交谈。

温婉灵感，说与诗人，
娇容珠玑点点；
小茗沉浮，交书画家吧，
集成，岁月沧桑的长卷……

雷惊雨浇的艰难，
嗯，递给心境，
或许，悟几分绚丽浪漫。

朦胧又日晖的淬炼，
还在乎，月儿弯呀圆？
听抚古筝几曲，
再看，乌鹭敲盘。

不过，故事进行的时候，
吻别已经开始，
好在，廉美和敬，亦将，
朝暮、空瘦、凉初透讲遍。

也许，热忱郁葱着清淡，
莫愁啊，馨香惠存思念，
没谁，
毕生精力学得会遗忘！
那，
弄个去处，
随便。

茶茗心醉（古风）

（2013 年 12 月 16 日）

绿青龙井瓜片醇，毛尖雀舌碧螺春。
红汤宝光祁门香，政和坦洋滇闽生。
乌龙夷岩冠大袍，肉桂水仙观音淳。
白毫牡丹苞初开，银针气袭芬芳绚。
黄极君山三起落，蒙顶小芽亮甘匀。
黑酵紧压旺边销，普洱益寿窈窕身。
茉莉玫瑰玳玳花，窨制味鲜灵绵深。
淡泊慢饮瑟琴伴，韵古悠今醉来人。

我们国家的茶文化源远流长、茶叶品种多样，按照地域、工艺、颜色、形状等区分，名目十分繁多，五彩缤纷，眼花缭乱。但以加工方式分的话，就只有基本茶和再加工茶。基本茶是：绿、红、乌、白、黄、黑茶，再加工茶为花茶。当然还会有新的品种在不断产生。

清心感情

琴心芳羽

(2016 年 7 月 6 日)

琴弄山江几缕泉,
心初念笃失还还。
芳余自雪红梅递,
羽罢苍桑乐为禅。

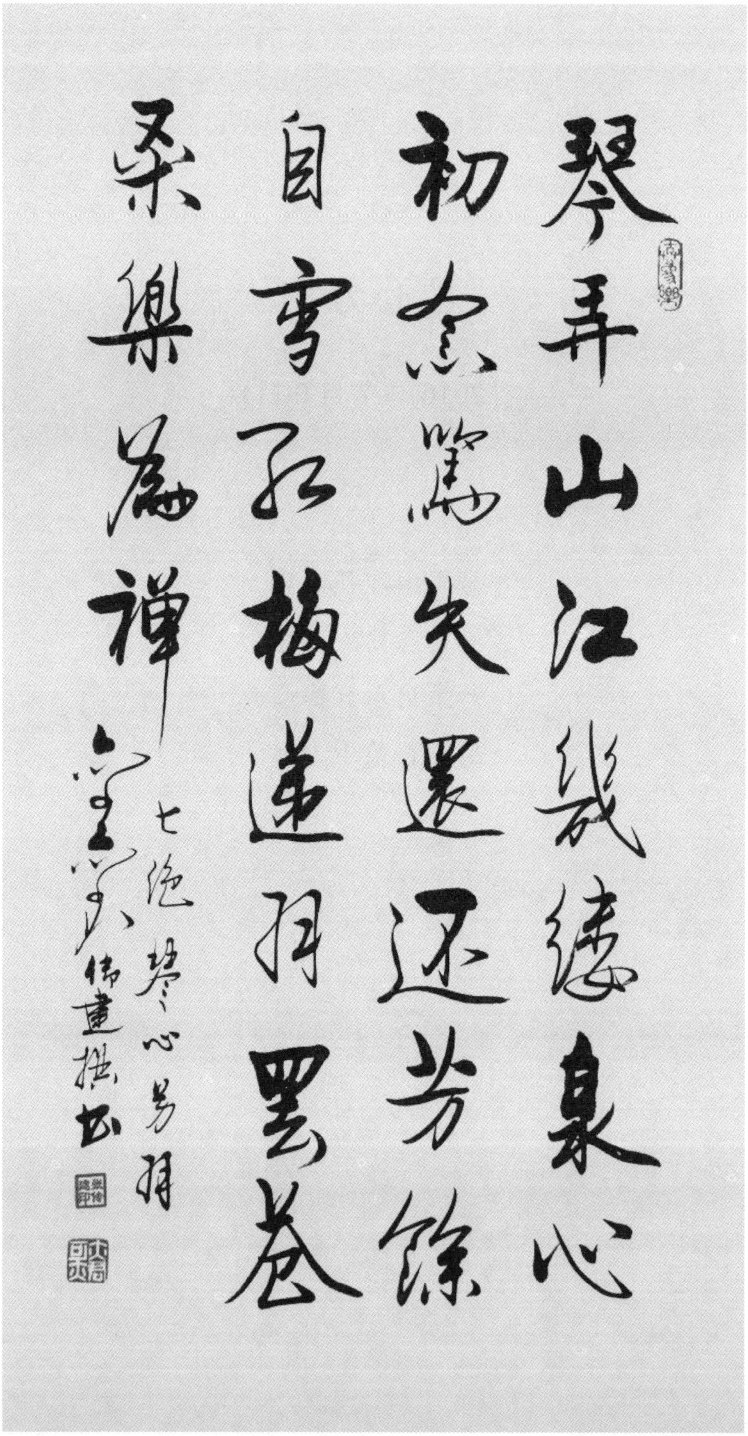

惜分钗　荷塘小思

（2016 年 6 月 30 日）

溪云袖。
清波逅。
伞摇泉色编湖瘦。
伫阶旁。
顾池塘。
鹊喜来登，丽娜殊藏。
芳芳。

思如柳。
柔梳皱。
解轻多少红尘扣。
比苏杭。
忆潇湘。
蘸了精神，画点亭廊。
长长。

点绛唇　晚山风景

（2016 年 6 月 30 日）

弯月雕松，
碎风堆砌眉凝石。
静梢横笛，
雁字琴千尺。

曦点涟漪，
桨半生晨夕。
峰相述，峭思还隔。
该用心儿摘。

青玉案　佛慧禅景

（2016 年 7 月 3 日）

清心匝石听松语，
窃甘露秋棠诉。
谁弄涟漪轻波鼓？
紫芋蒲戏，
睡莲鱼妒，疑似瑶池雇。

阶峰北望丛泉吐，
圆镜清河泺飞鹭。
借问荆香馨几许？
翠楼摇曳，
丽云晴雨，芳自开元取。

甘露、秋棠，为济南佛慧山两泉；

圆镜，借指大明湖。济南有一带（泺水）一镜（大明湖）齐烟九点之说。

清平乐　旅途

春秋几阜，
九曲人生旅。
驾到山前无去路，
弃了车儿徒步。

岭嘹小径啼孤，
涧鸣溪水云扶。
掬的闺岚秀色，
出林编露持符。

桃源忆故人　菡萏香盈袖

（2015 年 7 月 24 日）

芰荷钮夏这时就，
悄递香肌清透。
小惹思湖千绺，
扇苑黄昏后。

柳梳翠凤花钿藕，
粉黛去年那顾。
只是波添新诱，
将意如春骤。

西江月　新秋雨后

（2015 年 7 月 16 日）

雨霁闲堤秋色，
风梳薇若春花。
粉琼娇蕊溢奇葩，
惹蜜蜂儿玩耍。

浊酒云亭流醉，
清茶泉碧浇遐。
恰逢栏外弄琵琶，
斜倚月澄拈帕。

杏花春香雨

（2014年3月27日）

花枝彩韵惹云天，
簇簇绵绵淡淡烟，
未感轻风何处启，
多姿婀娜舞翩跹。

嘹歌如风

（2014 年 11 月 16 日）

梢红犹豫恋还离，
风敬枝情暂未吹。
坡上顿歌黄土路，
惊飞栖鸟叶思追。

诗今话昔

(2015 年 12 月 7 日)

相聚鱼台拾梦莹，京华授带八方卿。
遇时文馆牵春愿，别日诗情共夏鸣。
浑顿初开盘古起，鸿蒙境界道清萌。
辞经化意千帆泊，更有神仙故事萦。

由于获得全国诗歌散文联赛特等奖、十佳诗歌奖，2015 年 12 月 5 日至 7 日，到北京钓鱼台国宾馆和中国现代文学馆参加了（世界华人）中华情诗歌散文联赛颁奖及文学交流研讨会。通过聆听专家、学者、教授的指导以及与包括马来西亚、新加坡和美国等在内的获奖朋友的交流，使我对诗歌有了更深的认识。遂有感而发，写了心中对诗歌的新的感知、感想、感慨。此诗今话昔及后边的《风骨》《姿韵》《帘香》《怜秋》《如画》等都是。呈大家阅。

风骨

（2015 年 12 月 7 日）

蕙质兰心潒紫巾，
月眉初现顾波频。
嫣红翕澈君层鉴，
悄露冰肌汨玉纯。

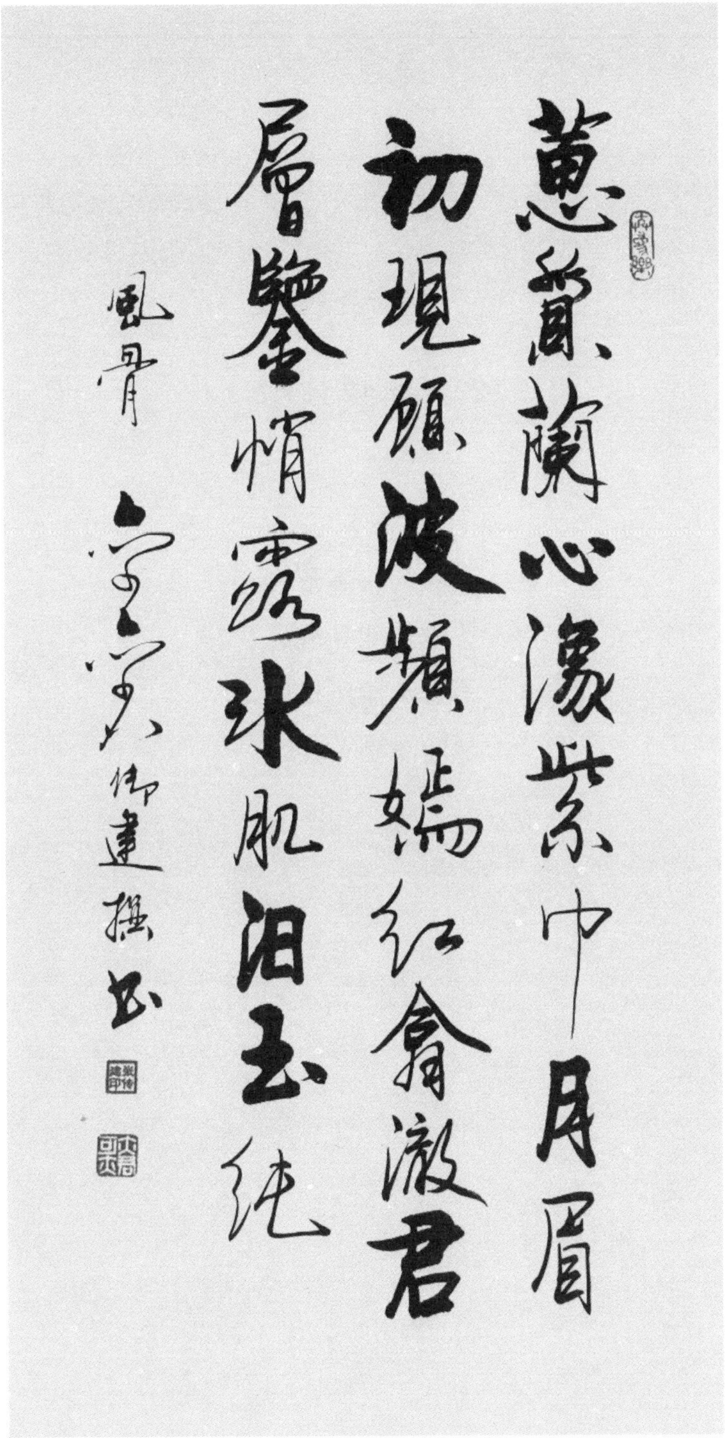

姿韵

（2015 年 12 月 7 日）

素衣阿娜不争宾，
柔雅婆娑月醒晨。
恰合天然风格里，
丛间总是一佳人。

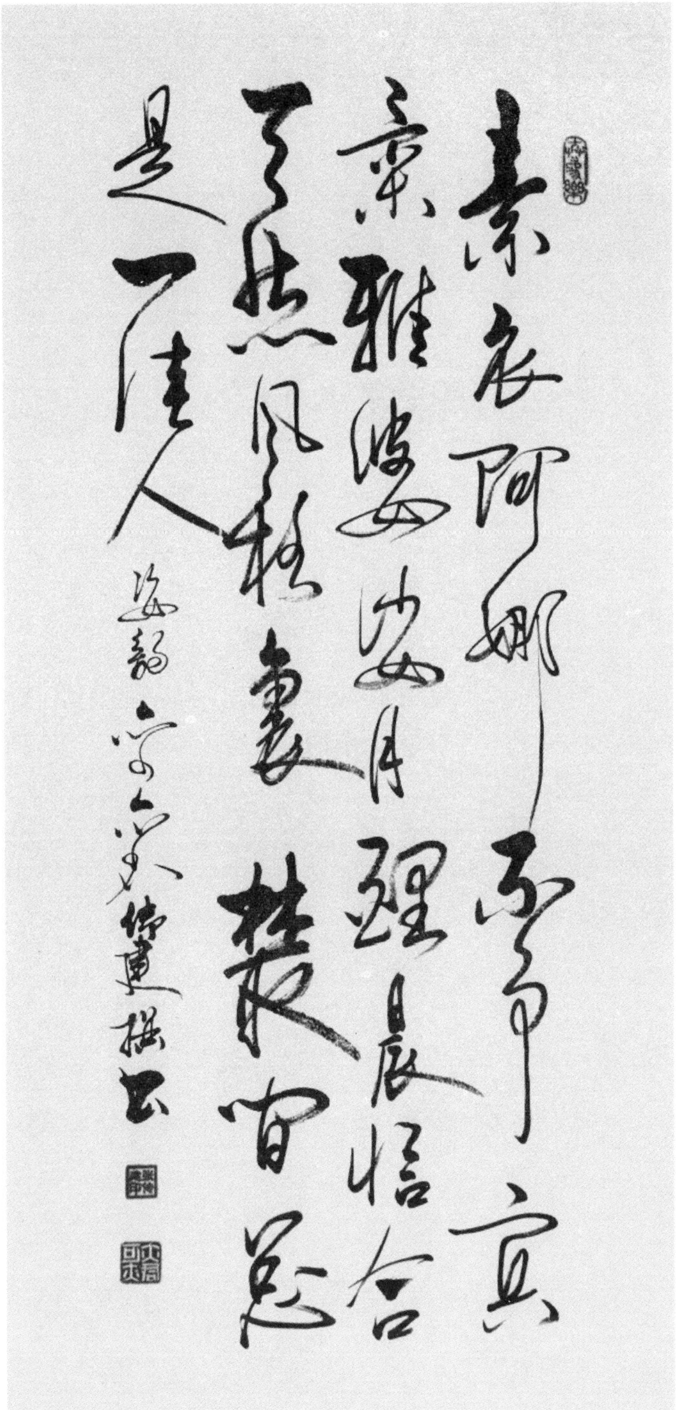

帘香

（2015 年 12 月 7 日）

乌发挑眉几缕思，
云高举目及瑶池。
窥秋百页推开去，
帘里探花俏一枝。

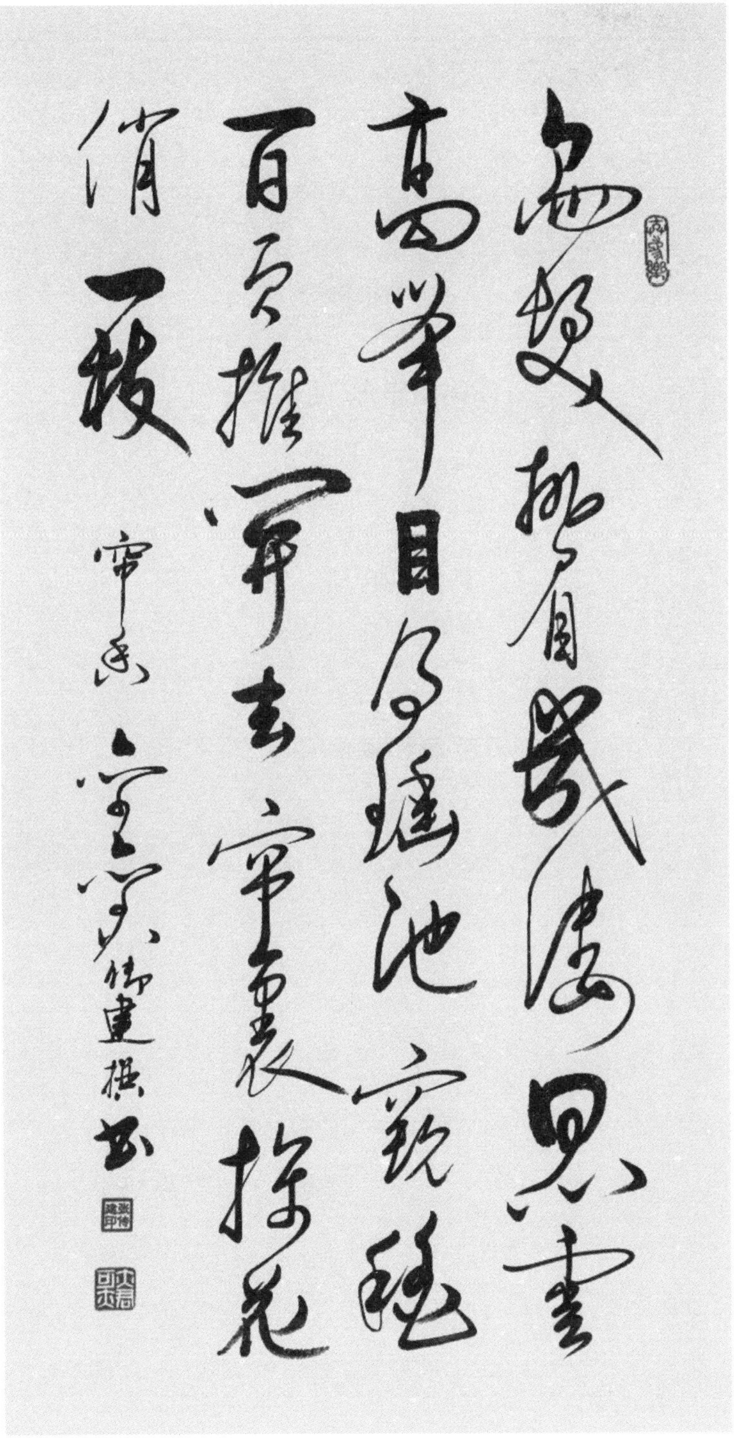

悯秋

（2015 年 12 月 7 日）

舞桐风叶琐琴斯，
惜坠愁分独处推。
纤指轻拈三两片，
毯黄如岁倍寻思。

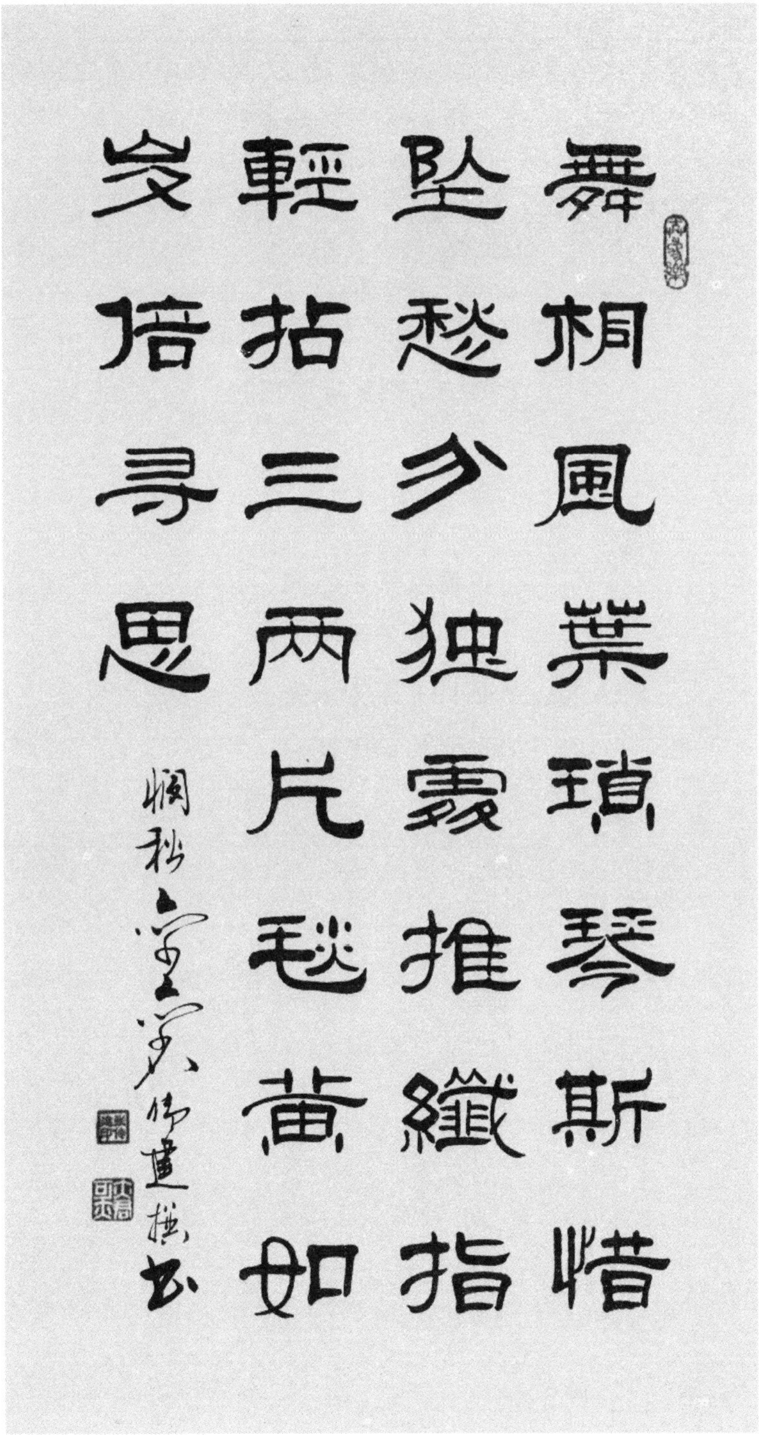
舞桐風葉瑣琴斯惜
墜愁多独處推纖指
輕拈三兩片毯黃如
倍寻思

如画

（2015 年 12 月 7 日）

色流墙壁采心闻，
似托羞腮步碎云。
倾目灵犀芳滴露，
雅悠移动印花裙。

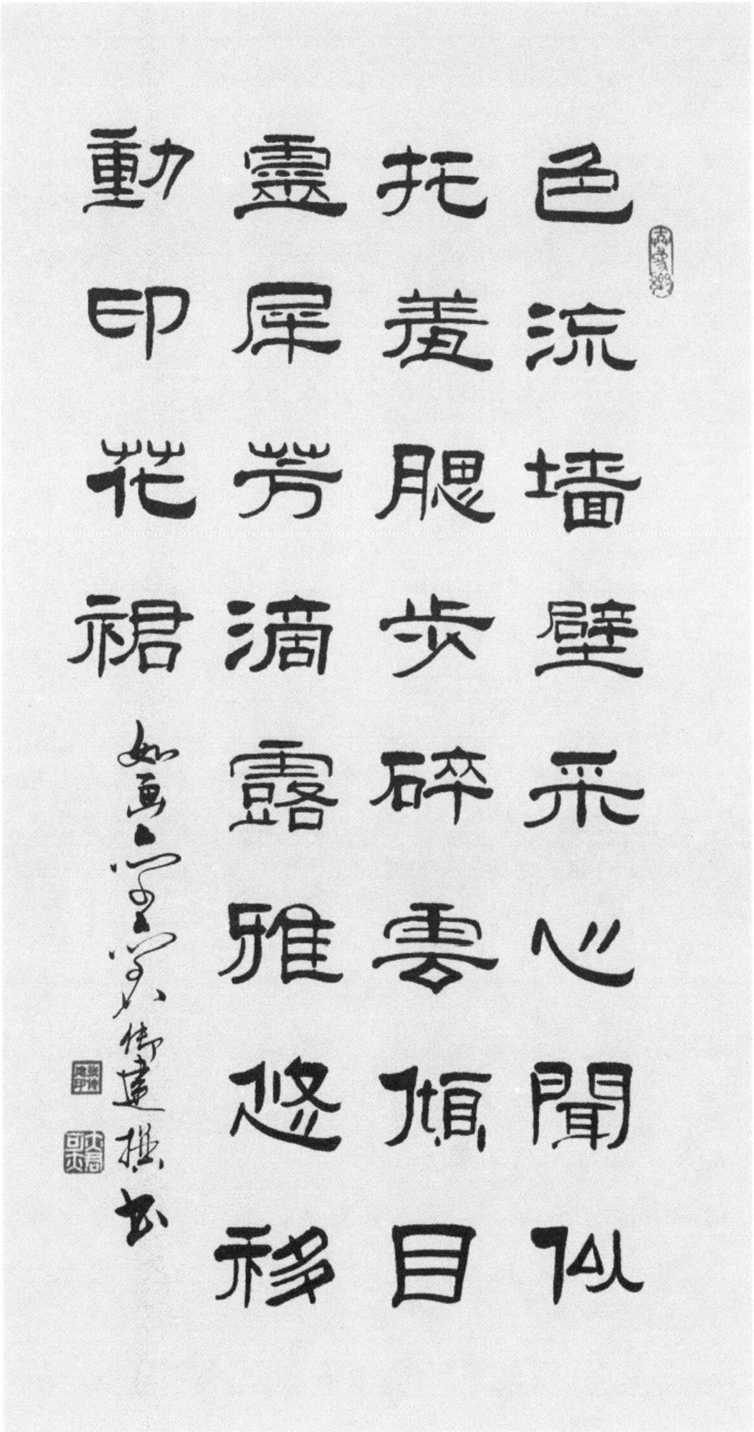

颇黎摘云桥

（2016 年 2 月 6 日）

西湘摩诘本逍遥，今度颇黎梦九霄。
独玉长琴霏曲甲，青岩石峡摘云桥。

摩诘，维摩诘（梵语 vimalakīrti）省称。意“净名”“无垢尘”。寓张家界洁美景秀。

颇黎，玻璃，有别亦有同。明李时珍《本草纲目》：“玻璃，本作颇黎……其莹如水，其坚如玉，故名水玉。”后有人称李时珍解误。或佛藏经典及《玄应音义》称水晶梵语音与“颇黎”接近；南朝沈约的《梁四公子记》载，刘宋文帝时扶南国商人曾从西天竺国带来一面广一尺五寸，重四十斤的碧颇黎镜。书称“举国不识，无敢酬其价者”；唐朝大诗圣李白为小儿子起名天然、颇黎。该是寓有珍贵、难得、出众，期待美好之意。

长琴，借意太子长琴。上古时代汉族神话传说中火神祝融之子，传说他出生时怀抱一把小琴，天地都因他出生欢唱。《山海经·大荒西经》云："祝融生太子长琴……"表示张家界新建落成的玻璃桥形如长琴，如玉之通透、洁美、奇妙，必定使游人若仙快乐。

青岩石，张家界原称。传清时官吏张万聪见此处风景奇美，而骑马圈地，标以张万聪界，百姓不认可，并换标张良界，意思张家界也该是汉张良界——张良在此颐养天年。张良墓亦在张家界。

心境意象

（2014 年 5 月 11 日）

雪淡繁枝色，
天涂静水蓝。
羽纱春雾借，
欲寄夏梦还。
情境三分觅，
心悠意象源。
人生多少遇，
苛觅见时难。

丹青隨語

阮郎归　牡丹芳最

（2016 年 6 月 23 日）

雨过聊艳绛新花，
婆娑盖满车。
黑桃红绣弈奇葩，
沉香百姓夸。

妍富贵，孚晨霞，
娇娇滴滴娃。
芳心光景砚天涯，
逢时摘一佳。

黑桃红绣，指“黑桃皇后”牡丹、“红绣球”牡丹，分别为洛阳、菏泽代表性牡丹花。

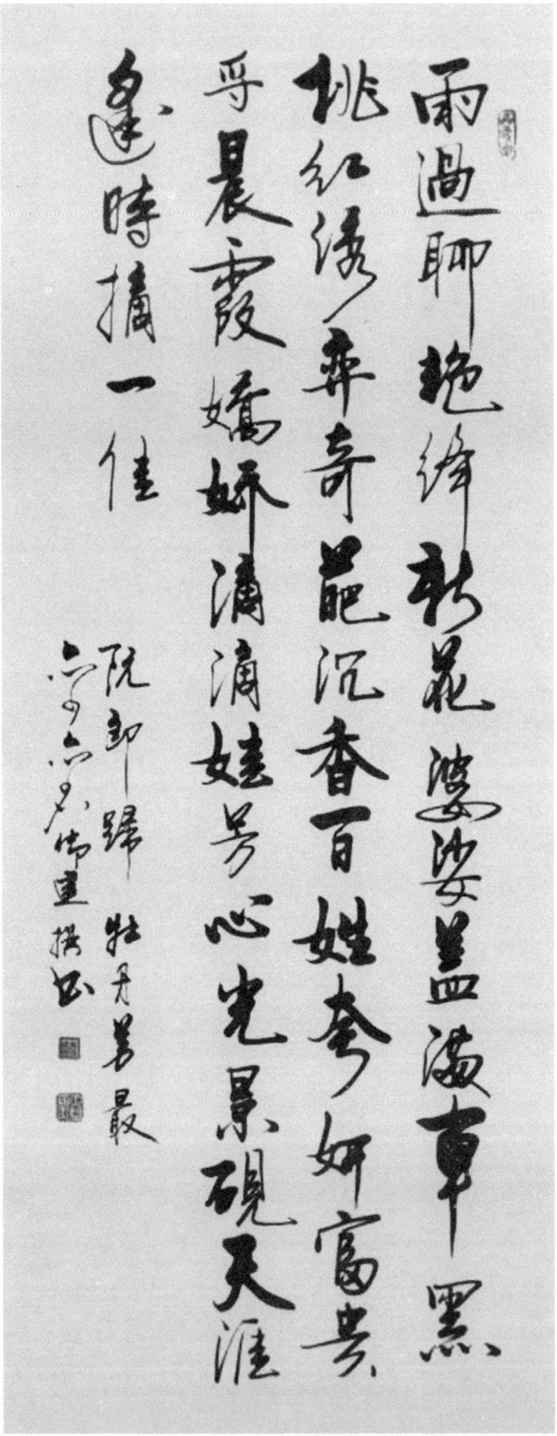

牡丹花开

（2016 年 6 月 23 日）

亭外春风玉立阶，
冠香南北绾禾钗。
雅容华贵千般富，
其实芳心最入怀。

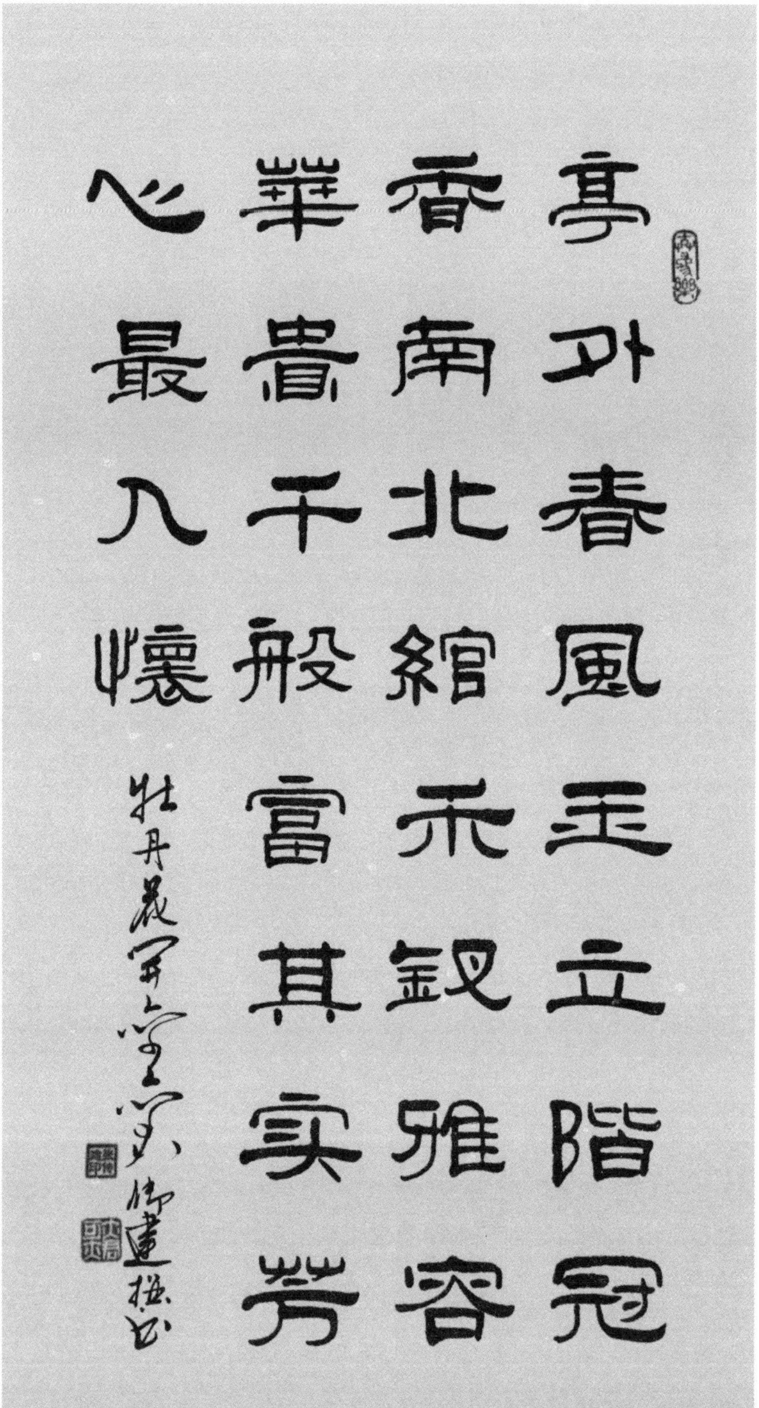
亭外春風玉立階
冠香南北綰示釵
雅容華貴千般富
其實芳心最入懷

荷思

（2016年6月23日）

蒲风侵夜捻塘池，
牌举尖荷捉梦眉。
澄月情丝三五缕，
羞吟两轴碧环诗。

碧环，荷花的别称。

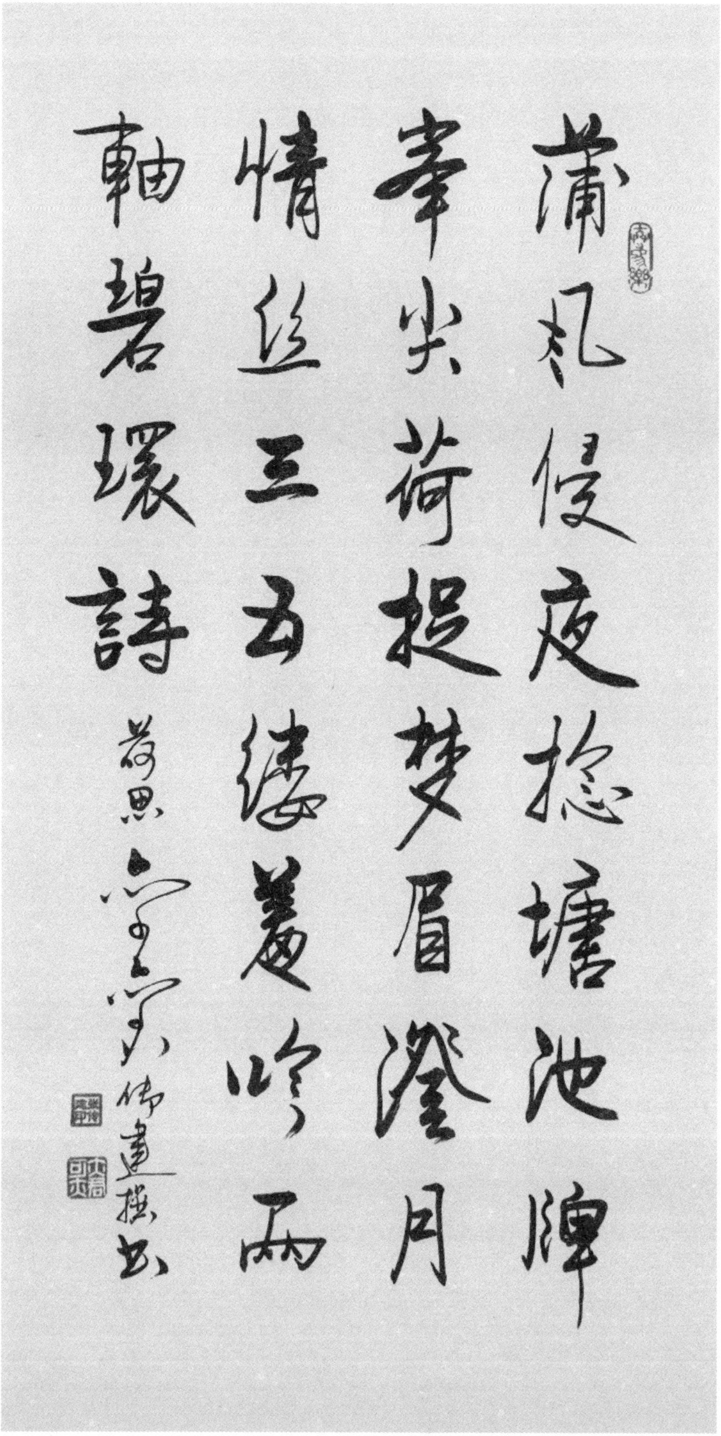

深院月　夏荷幽缘

（2016 年 6 月 23 日）

塘艳正，翘桃红。
一阵幽香一阵风。
青伞下边鱼几尾，
觅芳池鹭入荷中。

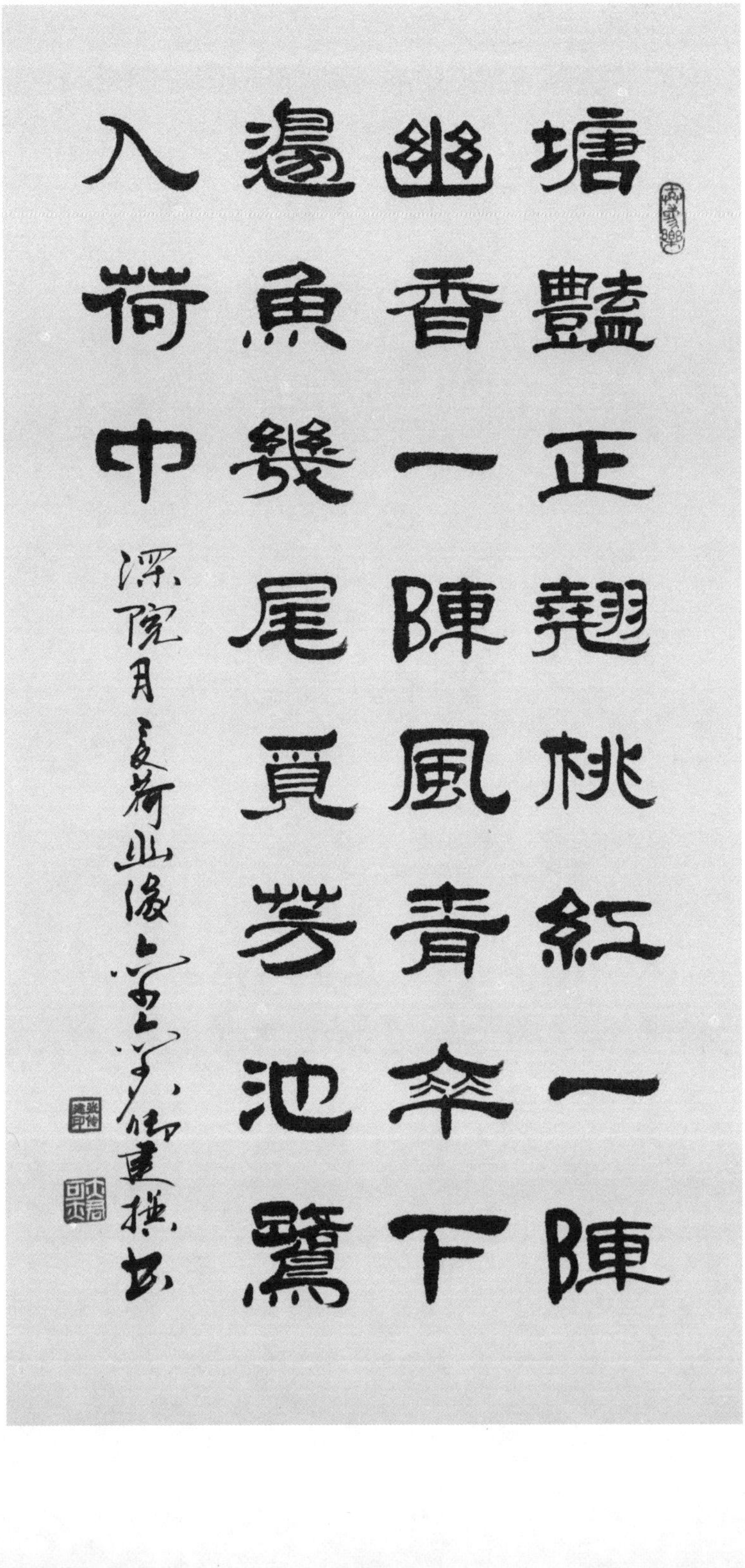
塘豔正翻桃紅一陣
幽香一陣風青傘下
邊魚幾尾覓芳池鷺
入荷中
深院月
夏荷出浴

腊梅试春

（2016 年 6 月 23 日）

俏开芳未佐初衷，
紧递寒香半雪红。
六角琼花三九剪，
合心相约订春丛。

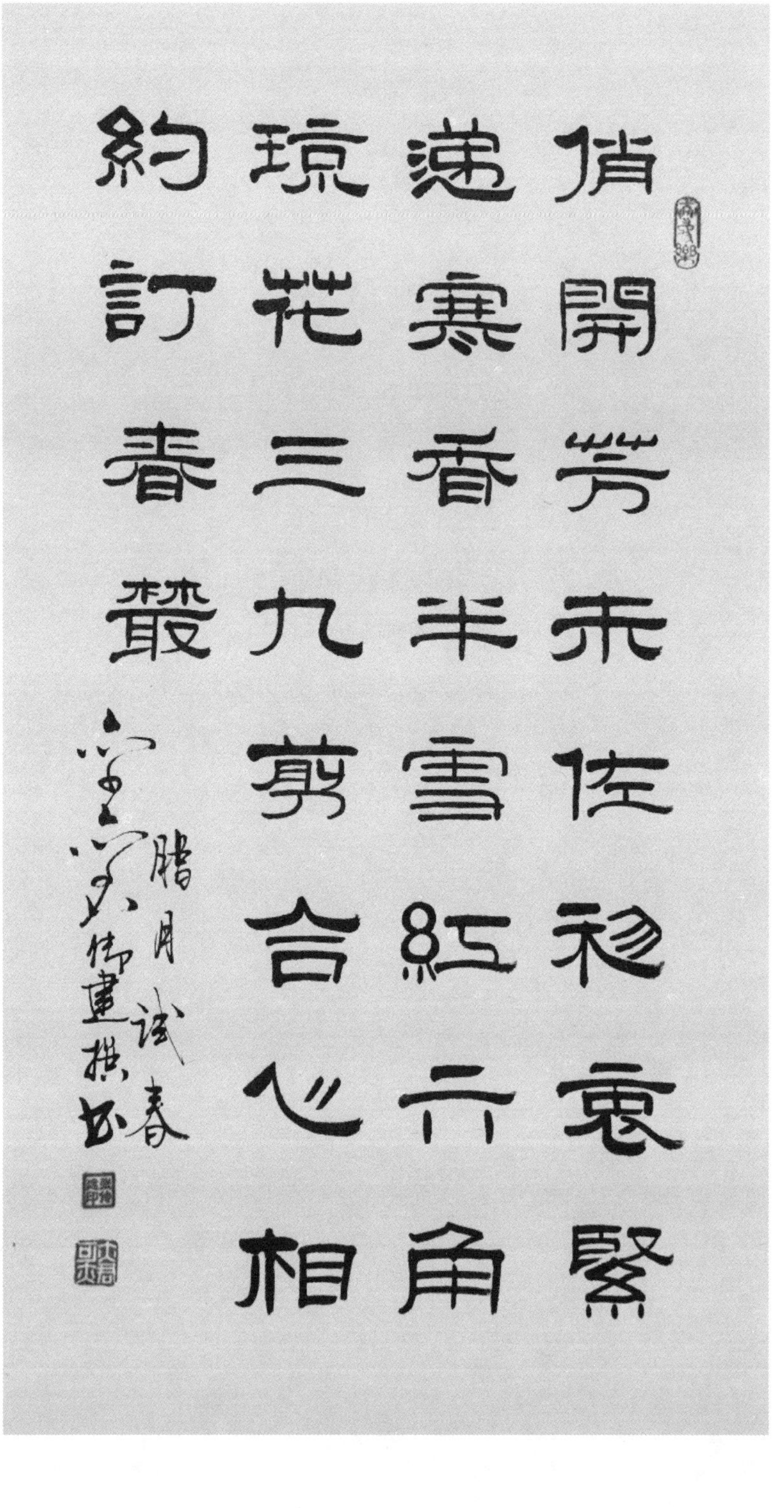
俏開芳未佐移意緊
蕩寒香半雪紅亦角
瓊花三九萬合心相
約訂春叢

竹韵幽情

(2016 年 6 月 23 日)

墨竹君姿古道来，
吞霄呷露夕阳猜。
虚心气节还都是，
青面风尘识应该。

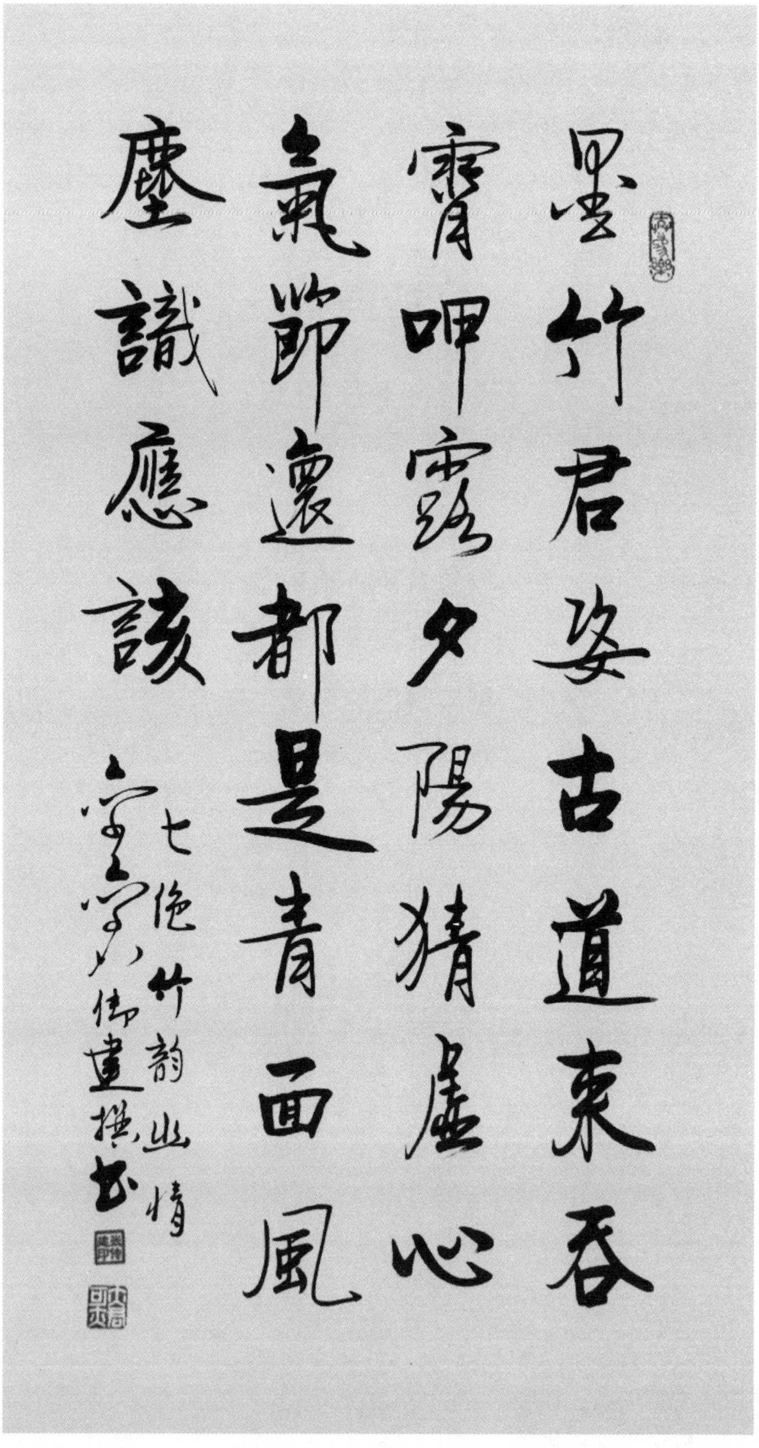
墨竹君姿古道來
吞霄呷露夕陽猜
虛心氣節還都是
青面風塵識應該
七絕 竹韵幽情

翠盘秋　清风竹

（2016 年 6 月 23 日）

青青面，骨铮铮。
独识春秋景。
节长鸣。
举公平。
拨寒摇雪夕阳行。
不觉虚心冷。

2016 年 6 月 17 日下班途中，接到中国社科院刘孟松主任打来的电话，说中国美术家协会主席刘大为先生和全国政协的画家孙文启先生，让我为他们的画配诗。还把要配诗的荷、梅、竹、牡丹等内容发给我。此后，我便抓紧业余时间、集中精力完成了这个压力很大却快乐有趣的任务。并把写好的十余首诗词发到北京。荣幸地得到认可。此栏目自《阮郎归（牡丹芳最）》至此作，是其中一部分配诗，敬请欣赏指导。

刘大为，祖籍山东诸城。现任解放军艺术学院美术系教授、主任，中国文联副主席、中国美术家协会主席、教科文组织下属国际造型艺术家协会主席，全国政协委员。创作题材广泛，以牧民生活和边关历史人文事件为主。

孙文启，出生于山东单县，现任全国政协《画界》杂志编辑部主任，中国美术家协会会员，农工党北京东方画院副院长。以花鸟为创作题材，尤其擅长梅、兰、竹、菊、松。

赏沥粉画

（2015 年 9 月 5 日）

团扇花猫两簇玫，依几枕臂吊兰陪。
倾窗合眼听秋雨，矜坐偏头秀发偎。
茶清小盏如泉沥，芦竹蟠帘半挂追。
空山镜里荆香度，一袭唐装紫绿猜。

沥粉画，与中国土木建筑产生发展有着密切的联系，当是中国古代劳动人民智慧的结晶，是一种比较特殊的艺术和实用相结合的表现形式。这是欣赏戴先生摹胡永凯先生《春梦》画作有感而作。

期待平静

(2015年11月3日)

傍晚云高似有晴，夕阳飞渡托黎明。
小河如镜清流许，一片桦林隔市惊。
几叶轻舟谁影在，教堂钟敲两三声。
缕烟喧闹心存倦，笔寄平安画里萌。

此诗是欣赏戴先生摹伊萨克·列维坦（Levitan，Isaak Iliich，1860年8月18日生于立陶宛基巴尔塔，1900年7月22日卒于莫斯科）《傍晚钟声》而作。列维坦是杰出的写生画家，现实主义风景画大师，巡回展览画派的成员之一，作品极富诗意，深刻而真实地表现了俄罗斯大自然的特点与优美。

知音

(2016 年 5 月 26 日)

入时眉画雁飞临，
蘸露曦文朵朵馨。
倾国色佳南北紫，
痴情芍药古随今。

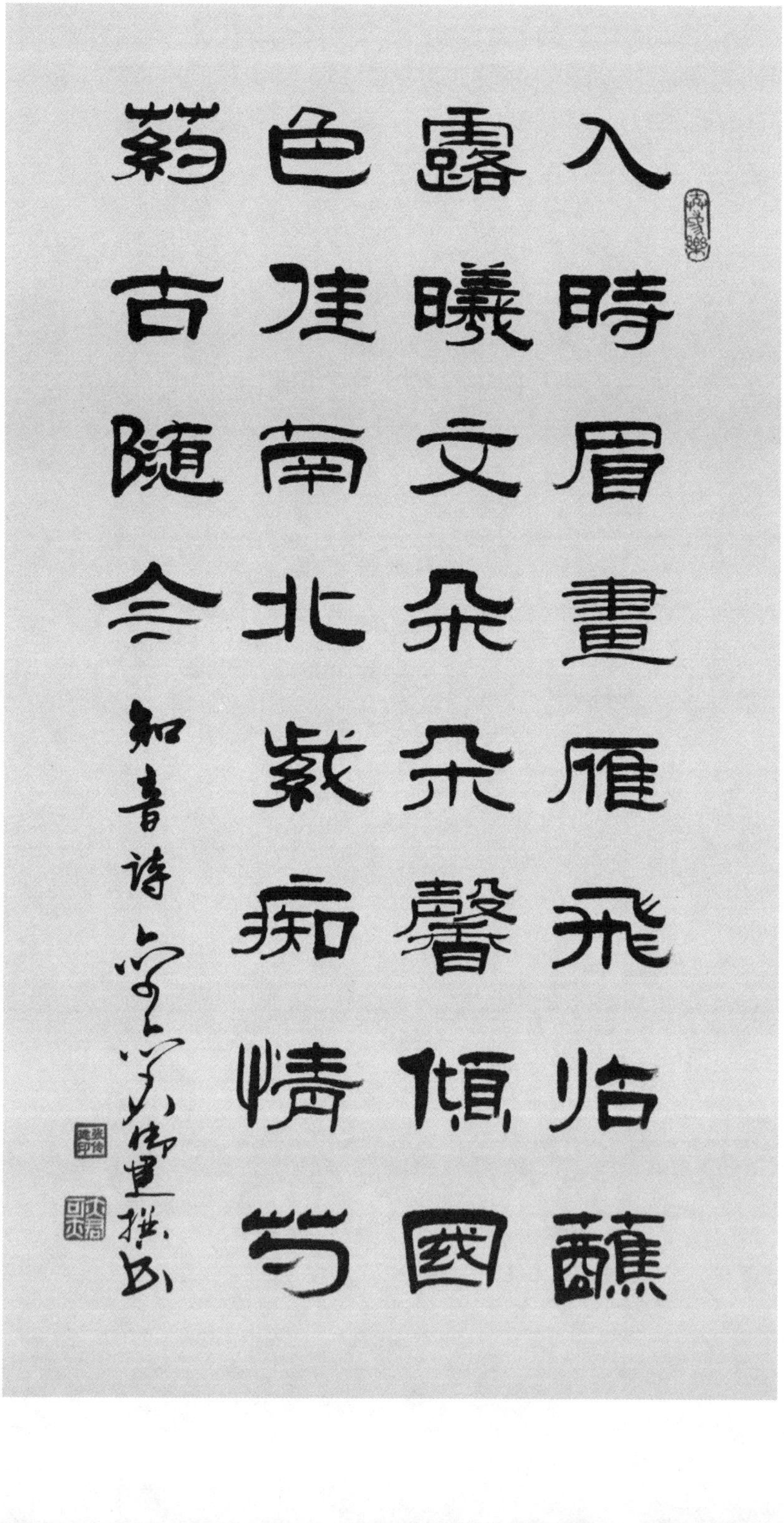
入時眉畫雁飛臨蘸
露曦文朵朵馨傾國
色佳南北歲痴情句
蒻古隨今
知音詩

猜香

(2016 年 5 月 26 日)

几缕春风一夜灵，
著红梳绿砌丛屏。
碧桃芳郁猜浓字，
丁壳丫芽合首听。

丁壳，猜拳游戏，即剪子、包袱、锤，或石头、剪子、布。

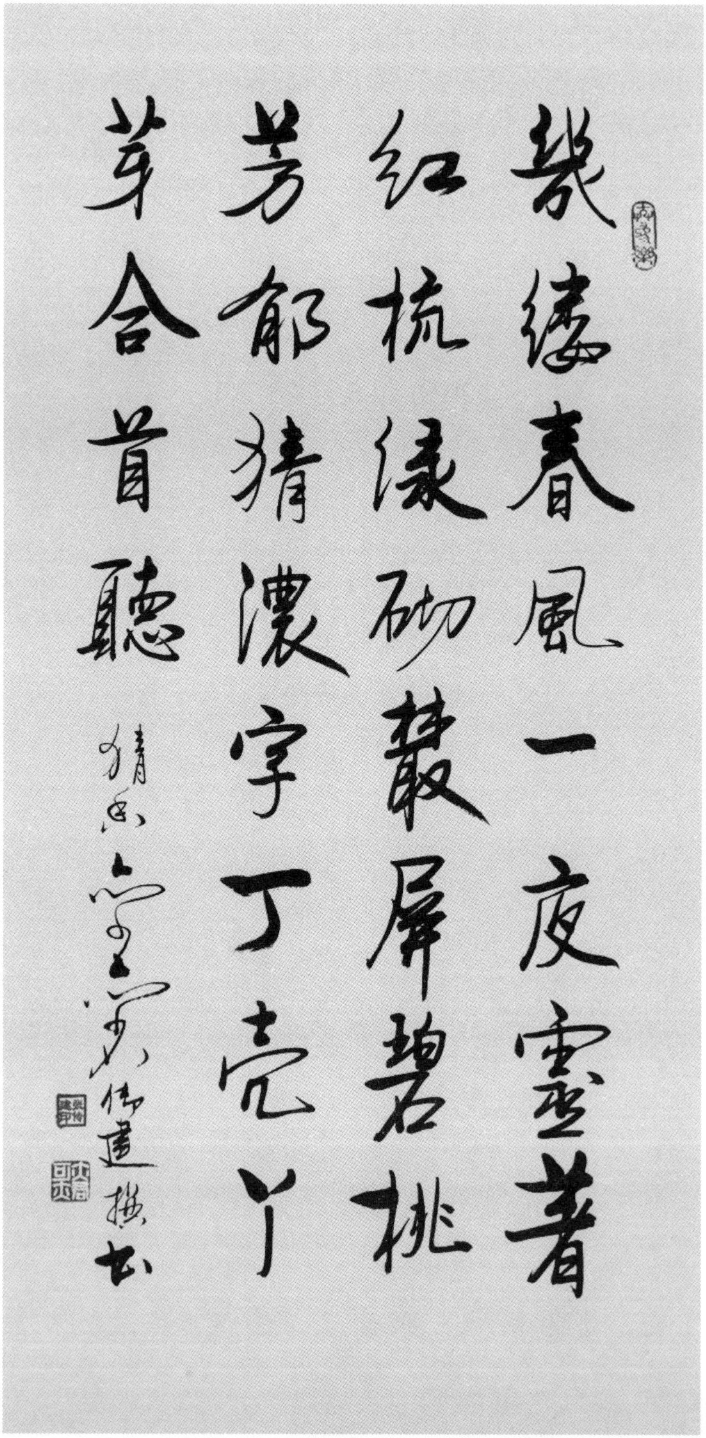

夏荷

（2016 年 5 月 26 日）

蒲月荷塘试琵琶，
岸边童蒂倚蒹葭。
清风已去邀蝴蝶，
也与初香百姓家。

此作与前《知音》《猜香》是为山东国画院张曦文副院长（济南人，字墨馨，斋怡熠居，现为中国美术家协会会员、国家一级美术师，山东国画院和中国孔子国际诗书画研究院副院长）画作配诗。张院长为“中国孔子国际诗书画研究院”（2016）年会创作了三幅画。意画初成，2016 年 5 月 21 日，通过朋友刘强先生，邀我为三幅美画分别配诗，并将画稿的照片传来。我月夜欣赏琢磨构思，于 5 月 23 日晚在时限内完成配诗。

自然有诗

谒金门　莲蓬熟了

（2015 年 10 月 18 日）

秋淀露，
浸弄秋寒兰橹。
芰瘦葭黄莲果舞，
还清风点数。

采丽歌儿迎娶，
剪得船颠云妒。
只叹今朝南北贾，
别情浓胜聚。

菩萨蛮　秋湖月夜

（2014 年 8 月 16 日）

羞荷若月鲜含露，
似云琼液浆秋树。
霓岸沐虹霞，
缕烟湖边家。

星河凭柳眺，
近在银波摇。
倾酒敬双安，
韵悠温冷泉。

双安，指易安李清照、幼安辛弃疾。

蝶恋花　月季

（2016年6月3日）

舞罢春风邀夏月，
几度凋羞，
几缕探花切。
无意蝶过贪采撷，
但知四景芬芳郁。

梦里收藏秋请帖，
晤了芙蕖，
比女华绡帕。
情岛捉缘零与批，
只思伴你逍遥雪。

女华，菊花的别称之一。唐张贲《和鲁望白菊》：“雪彩冰姿号女华，寄身多是地仙家”。

四里山间翠柏青

(2015 年 6 月 20 日)

澹月淹楼线曲巅，
阑珊灯火市中眠。
赤霞衔塔听泉韵，
青鸟颐亭枕佛肩。
沉忆湖波今昨事，
举眉斜影夕晨缘。
闲时逸趣游峰岭，
柏道松间慕故贤。

四月佛山晨岭雪

（2015 年 6 月 1 日）

急雪浇林隐碧廊，
流花点佼穗琼芳。
乌阳羞面晨云盖，
寒月纱绵蔽蕊央。
涯幕浴山千木怪，
峭台梳影潒凌浆。
春松渌水簪青白，
辇笛时间已绾霜。

亭亭玉兰

(2015 年 3 月 18 日)

枝上谁添白玉雕，
摇春逗色似桃刁。
蕾澄非果无笄绾，
却惹游人夺小桥。

自然有诗(一)

(一) 风

无处躲藏，
便，
动静间奔忙。

(二) 雪

离太阳远了，
给该娅，
标上返回记号。

(三) 雷

天地幽会，
张扬，
偷窥时印象。

（四）云

生气了，
组团，
朦游江湖。

（五）雨

风，
拧紧了云。

自然有诗(二)

(一)江

背着小溪，
痴寻，
东方传说的公平。

(二)河

征集云诗，
平仄，
交给大海编辑。

(三)湖

浸洗日月，
拣风景，
晾到亭台楼阁心上。

（四）海

穿天蓝衣裳，
露几点模样，
惬意，
日月来回眺望。

（五）山

探身阳光，
寒白了发，
也，不会低头忧伤。

滄煙歲淒

聚散依稀

（2014 年 12 月 1 日）

城南旧雨忆沧桑，
帘外云烟影晚廊。
闲话东西恩怨泯，
时聊远近道情长。
非非是是轻轻折，
过过功功历历霜。
温酒几杯浓处别，
离愁添醉觉新伤。

秋叶风远

（2016 年 1 月 2 日）

秋雨黄栌岭鼎栖，
株云立石夕晨黎。
枝枯坡景风吹漫，
叶落他山化作泥。
岁月旅途兼若此，
沧桑仕海泊漂凄。
鸿频念故乡思叠，
寂累归根愿却迷。

雪装(古风)

(2013 年 12 月 17 日)

一夜飞雪地连天，
白觅左右不见山，
乾坤同色谁上下，
万物皆隐无近远。

岁路(古风)

(2014年12月7日)

华古智慧乾坤煌，天干地支寓阴阳。
诗经小雅舜纪年，秦时日书兽相仿。
朔就生肖月节令，论衡物势充亦彰。
藩蒙计法融其中，陔余丛考翼证长。
意同五行合教义，修真炼性扬四方。
白云道观六十子，本命拜辰顺星旺。
宇间炎黄莫不属，寅虎辰龙梦未羊。
平安如意乃共愿，甲午飞马呈吉祥。

点绛唇　若思

(2014 年 12 月 21 日)

白鹭晨飞,
洒歌溪上坡风对。
霭霞明媚。
江岸参差翠。

探绿怜红,
蕤茂千般魅。
湖秋意。
乐愁些许,
谁是最相思。

何以解忧

（2015 年 2 月 11 日）

无奈端愁处，着思利叠忧。
友言清怨道，知己玉横投。
偶得云天志，单消雾霾沟。
心清残酒醒，明月驶轻舟。

旧景

幻从真里影，
蓦寂抹风吹。
如愿徘徊处，
飞烟蒂入帷。

情牵学院三十年

（2015 年 7 月 12 日）

而立花龄上海滩，依稀耳顺再逢翰。
梳心纵忆春天雨，润腑清风化毓澜。
即是鲜开红艳处，且当青草亦浓乾。
岁华虽染秋时露，仍旧长琴托赤丹。

大学毕业 30 年。军校同学组织见面纪念，一呼百应。以记。

而立、花龄，古时分别是三十、四十岁的别称。耳顺（花甲），六十岁的别称。依稀，（古稀）七十之意。

翰，长而坚硬的羽毛，借指毛笔和文字、书信等。翰墨，笔墨，借指诗文书画。

毓，生育、养育，与育同。《说文》：养子使作善也。一曰稚也。《周礼·天官·大宰》：以九职任万民，二曰田园毓草木。又《地官》以蕃鸟兽以毓草木。班固《东都赋》：丰圃草以毓兽。

乾，《易经》六十四卦首。天，引申为乾坤、江山社稷、国家。

长琴，《山海经》记载之神话人物，是火神祝融的儿子（亦称太子长琴），传说他出生时怀抱一把小琴，天地为他的出生而欢唱。《山海经·大荒西经》：“太子长琴，始作乐风。”表示心悦情逸、歌唱奉献。

洁雪私语

（2014 年 12 月 20 日）

本宫花貌自严寒，
勿计城乡款款绵。
冬抹江山呈一色，
夏尝醉意两极眠。
冰封万物春风起，
消得奴家瘦素颜。
化作天琼娇草木，
贪当事迹碧流泉。

期待

（2014 年 6 月 15 日）

逢夏梧桐祥瑞云，
金秋齐气益虚身。
沐霞山乐牵冬景，
春梦深深了有痕。

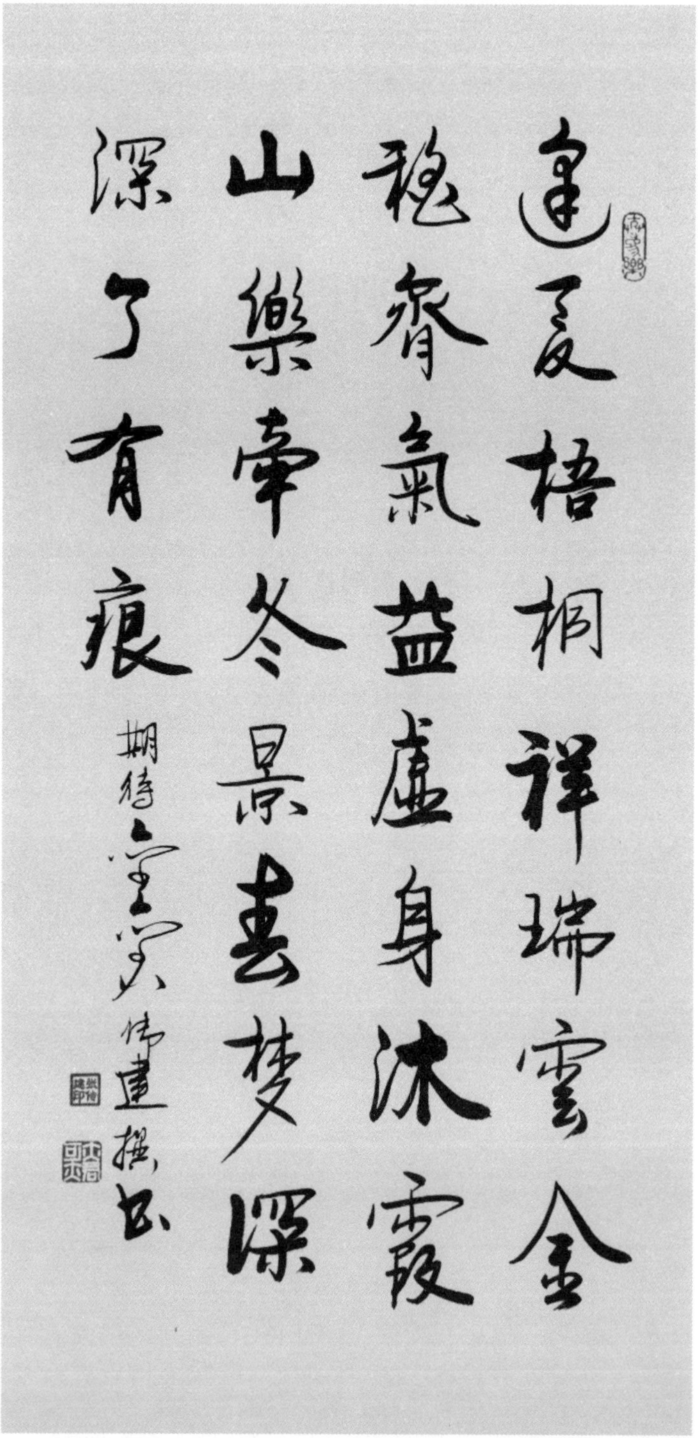

心醉所以

(2014 年 9 月 14 日)

言情碧水尚闲清，
幻驻仙峰得翠莹。
醉眼题诗皆叙旧，
琴心运笔势含萌。

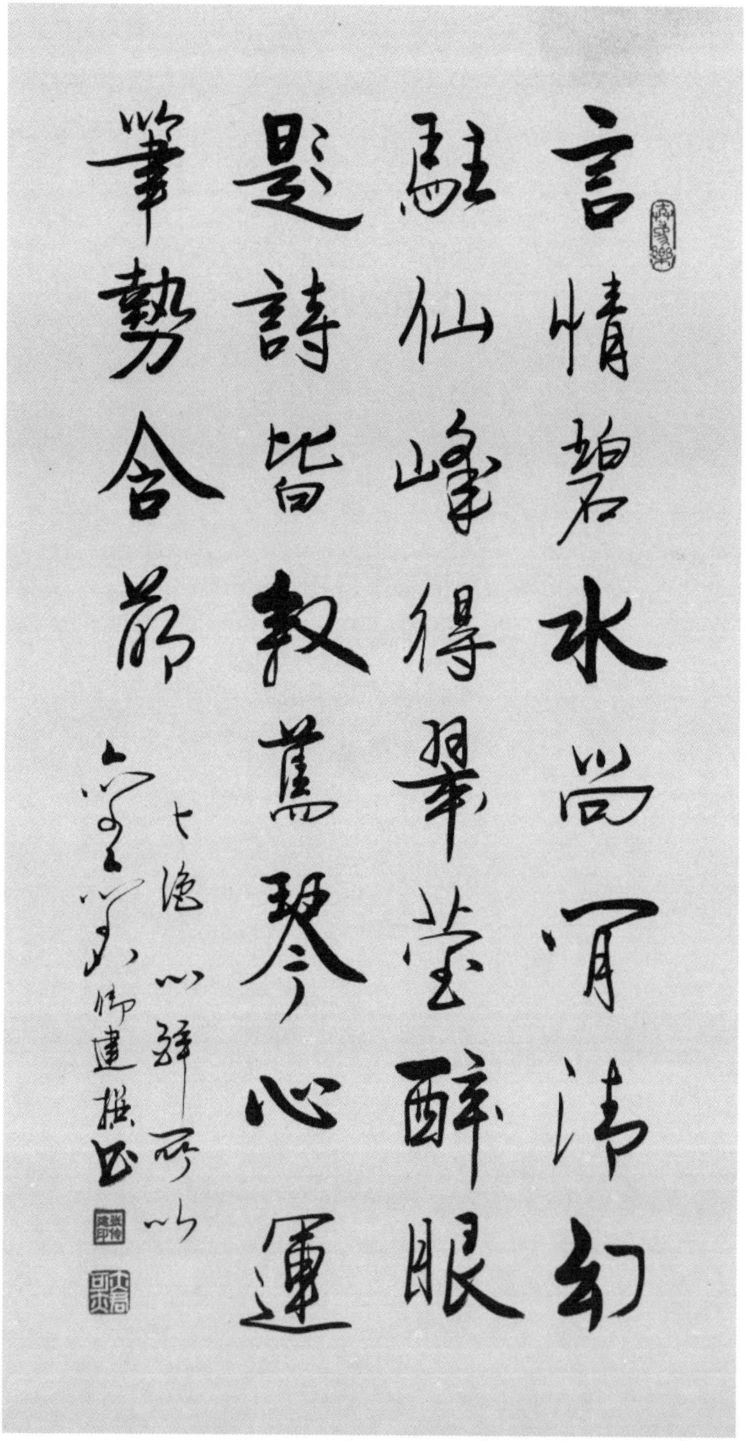

一江春水 连理知

(2016 年 7 月 12 日)

翩纤冠岁钩初月，
粘数星空阙。
花龄浇毓小生澜，
朝夕啼零凋怨屏温寒。

依稀耳顺云消得，
愁乐彬彬匿。
闲梳青夏摘秋风，
烟顾红香盈袖艳春容。

按古时年龄段划分的别称，冠岁，二十岁；花龄，四十岁；耳顺，六十岁。

采桑子　临冬穗红

(2014年11月10日)

波音云雾离泉早，
秋尽冬姿。
日影皑池，
穗路三千得翠帷。

流花紫艳香传正，
荆滴榕垂。
莲丽凋迟，
和惹莅芳远客窥。

沁园春　北雪南飞

(2015 年 2 月 1 日)

腊月时分，北本严寒，皑皑满川。
奈迁徙大雁，推程迟许；
草长隐垒，鹭续情缘。
风瑟吹秋，雨吟若夏，
湖水依然生碎澜。
搜度问，那隆冬可是，私自移銮，

南方，鹅雪倾颠。
染一色，江山天地连。
绿仓促退去，溪封河冻；
高压塔线，雕玉镶边。
存柜棉衣，翻箱找遍，
加了开襟再套衫。
行尴尬，纵凄凉得趣，似乐难安。

花邻果远

（2014 年 9 月 21 日）

花磨千款缕丝娇，
蕊瓣翩姿露点邀。
凝语弯枝馋鸟近，
鲜颜惜坠互相撩。
云衔秋果蝉鸣索，
风韵霜寒绿奉凋。
舟雨乐山同妙度，
熟香入市任商销。

会贵友(古风)

(2014 年 5 月 7 日)

初夏楼前木草歆，
心扉境放待和音。
面生来客诗传意，
未等言开已识宾。

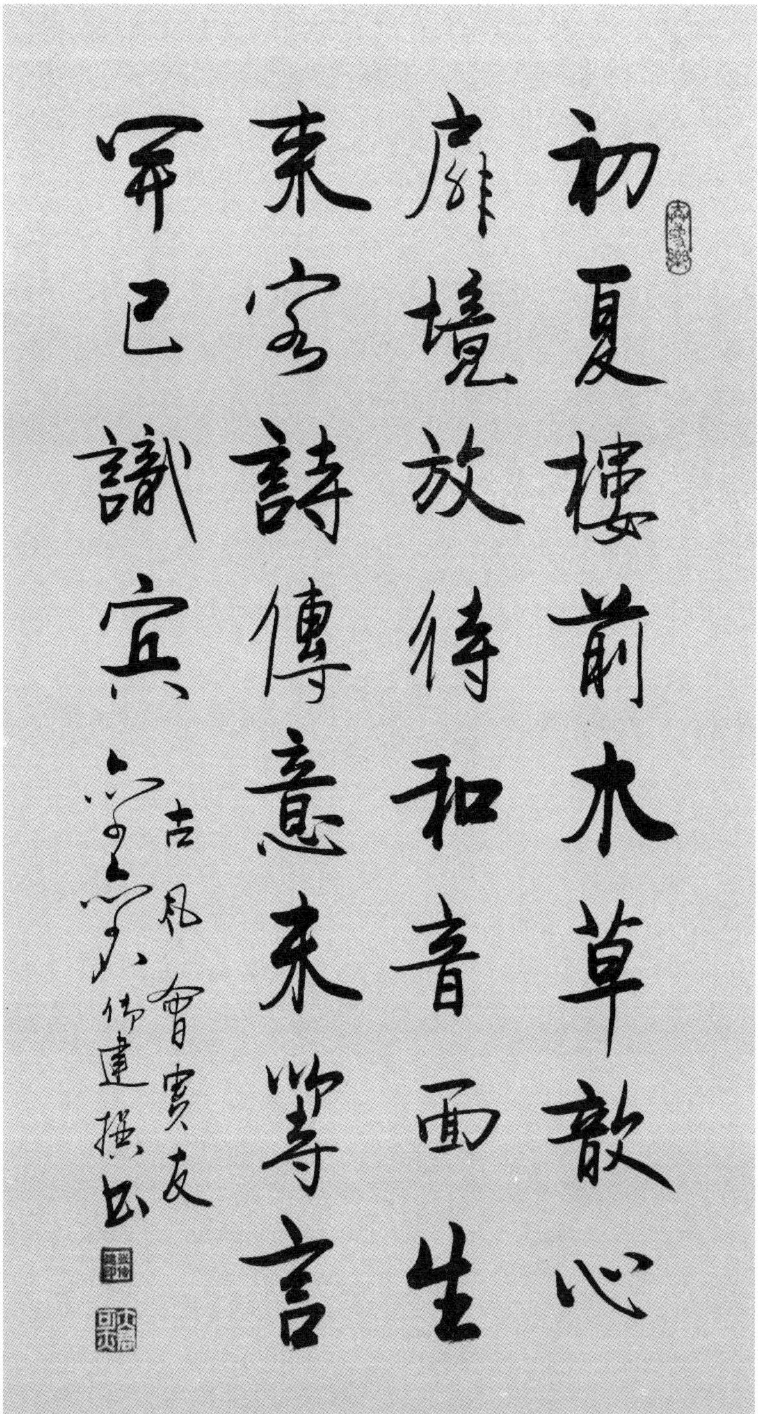

庭院围栏红

（2016 年 5 月 6 日）

花探网外为谁香，
小惹闲坡玉蝶郎。
粉黛胭脂都不缺，
莫非生气欠思量。

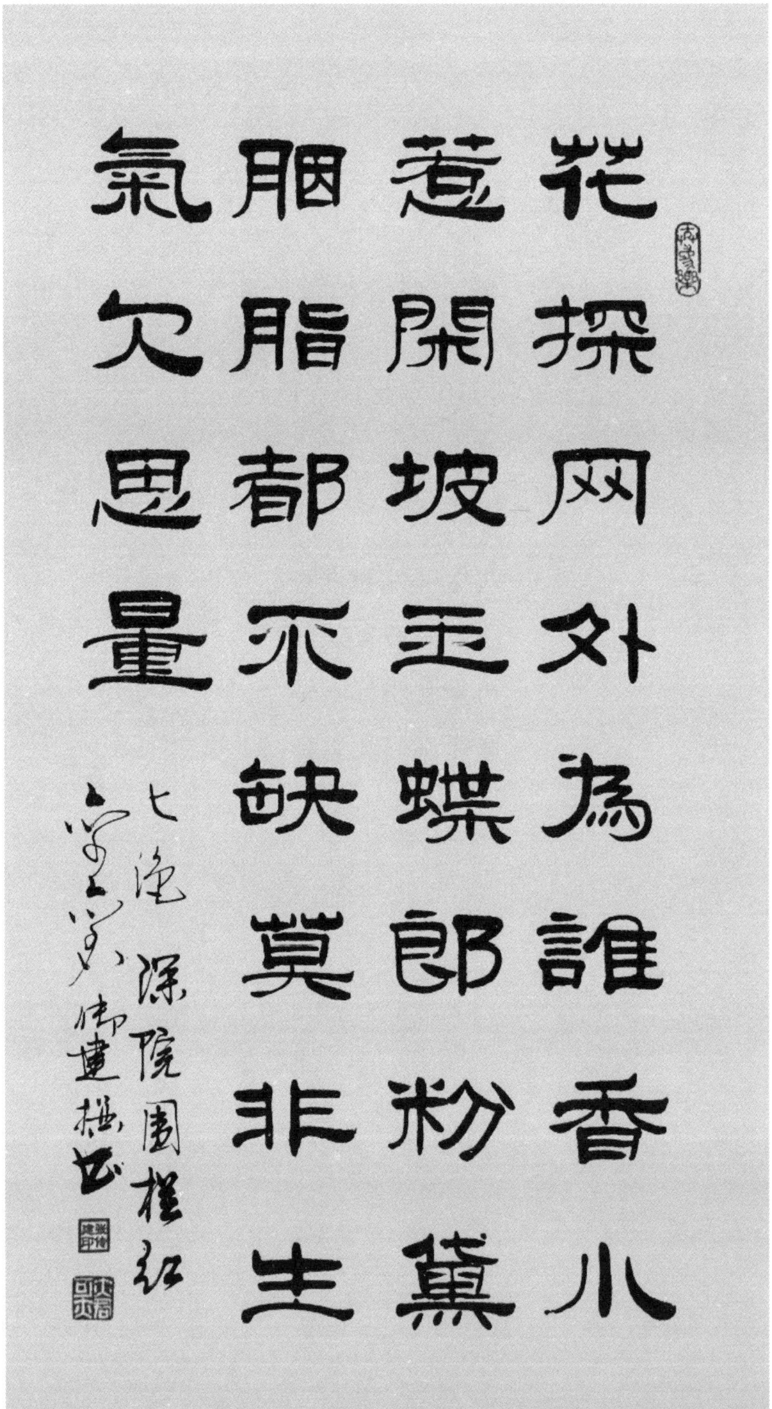
花採网外為誰香小
蕊開坡王蝶郎粉黛
胭脂都不缺莫非生
氣欠思量

浪淘沙　太息长江

（2014 年 8 月 31 日）

唐古雪山峰，当曲溪淙。
行程万里浩泽农。
白帝江陵千里渡。
今古何同？

坝起锁苍龙，垓顷泱鸿。
簿名近利记华中。
领域气候年顿变，
也是堤功？

三峡大坝的建设，从开始论证，争议就很大，许多专家不赞成建。人大表决时，有近三分之一的票反对、弃权。此作前不久，有领导在一个会议上，客观地评价了该坝的建设，认为有主观因素，没有真正科学论证。例举了多瑙河、亚马逊河没有建如此规模的大坝，气候持续稳定的情况。而三峡大坝的建设，可能造成大范围、持久的气候异常。对建大坝提出了质疑，甚至……

此彼

（2015 年 2 月 26 日）

大理石装点的广场上，
成群的和平鸽儿，
舞蹈着抢食，声儿俗，
美过车梭、商音合唱。

家长陪伴的儿童，
稚纯兴奋地复合巧掌。
鸟儿争抢的快乐，
小手手洒的希望。

鸽子不见得懂创么的标语，
就是习惯了与人和平相处，
分享人类文明，
规避自然风霜。

但大象、狮子、鳄鱼害怕，
欢乐的气氛老虎惊吓坠亡。

今天，共和国65华诞！

此时，现实而深刻，难忘而自豪，平凡而伟大；

此际，新中国之喜，古华夏之春，全天下之福；

此刻，国运起，民久安，华梦展，龙腾飞。

此时此刻，深诚、恭敬地祝愿：祖国好！您好，才会真好！

满江红　龙舞长城

（2014年10月1日）

万水千山，春秋战、烽烟国逐。
秦城始、吞山飞壑，固疆狙牧。
大汉唐来今日月，
江河湖海清华夙。
礼世间、谈笑五千年，依然舞。

言近事，殃倭族；
添故耻，东夷蝮。
记人寰惨案、献心中菊。
化作真情当利剑，
莫邪干将循渊宿。
志远梦、军砺佩吴钩，
苍龙穆。

樱花淬别

（2015 年 4 月 4 日）

哪来的力量，
瞬间，
苞发绽放；
谁降的惆怅，
七天，
凄楚飘扬。

清香不言多少愁乐，
粉黛无怨呈尽芬芳，
微笑着流泪，
月下美人也感伤。

珠穆朗玛的峰格，
真神，
或金蝉，
才理解，
此时的辉煌与悲苍。

你说：
和敬清寂亦道，应该，
为曾经的痛心伤；
再说，
俺俩的籍贯，盛唐。

樱花，被日本尊崇为国花，产地却是中国，她是喜马拉雅山特别气候环境下的精灵。日本的权威文献《樱大鉴》（成书年代约公元914年），记载了从大唐朝引进、栽培、改良樱花的过程，同时从中国引进的还有茶的栽培技术，包括技术人员等。所以说樱花有珠穆朗玛峰的品格。

月下美人，昙花的别称。

骤雨

（2015 年 3 月 22 日）

春雷铿锵而来，
撇下，夺目贯耳的惊诧，
悠然渐去。

云间道道扯裂的印，
眼泪潸然，
与风诉说伤痛，
嫩芽、娇花被捶打。

秋的果实上，
点点斑痕。

坡上果果

(2015 年 11 月 30 日)

望天收的半山坡，
弯道，旧房、村落，
根下，
蚯曲般无水的河。

老石头，地瓜粥庆贺，
娃子争气，已然大学，
却愁煞，需坡上几年的果。

邻居贾家，
墙缝隙传来阵欢乐，
孩儿老早辍学，
往返山果零货，
一笼螃蟹，正在出锅。

愁乐风，刮出井吹下坡：
学问了，又如何，
多赔坡上那些果。

门口小白杨，逢秋叶落，
接连，飘着片片疑惑。

又一阵凉风赶来，
告诉，秋会引着冬走过，
用不着分，
南风，还是北风，
寒意，
惊了满坡的果。

2015年1月23日，人民日报发学者文《一些贫者正从暂时的贫困走向跨代贫穷》，文章显示，根据国家统计局的数据，我国近几年的基尼系数在0.469至0.491间，贫富差距非常严重。世界上到0.5的，仅有百分之十的国家和地区。

现在贫困的人和家庭多。济南也有。有的家庭贫困之状都想象不到，家里连坐的凳子也没有。近几年按市里安排，给考上大学交不起学费的计生家庭送学费、补助费，所见所闻，实在是难以相信的程度。有一个家庭给我留下的印象特别深，家里除了破床旧被和一小堆带核的玉米及一小堆陈地瓜外，几乎一无所有。家里大人、孩子的精神支柱，就是床头从西墙到东墙一张挨一张的盖红印的奖状。仔仔细细看了，是那家孩子品学兼优的见证。上大学学习，耗尽家底也不够，将来的工作又没有着落。不少这样的家庭和孩子面临着同样的和新的一个又一个的问题。他们走向过平常日子的路崎曲漫长，遥遥，但愿有期。

閑情逸趣

临江仙　历下亭古

（2015 年 3 月 4 日）

海右琼澜呈漫卷，
少陵邕宴亭鸣。
清风环岛柳荷城。
杯时缺太白，
名士饮愁更。

桂月蓝轩聆舜茗，
佛山镜影心经。
淬阳安语慧华声。
寒泉姿砺秀，
红绿点兵惊。

鹊桥仙　鹊华听秋

（2014 年 10 月 1 日）

鹊华顾柳，
超然静幕。
点滴露珠影桒。
亭沿枯脆坠秋音，
夜风又、逍遥阅猎。

清荷粉淡，
梢黄沥下。
干挂半丛卷帖。
红枫摇曳试冬弦，
冷霜也、婆娑韵叠。

江神子　宵夜扮泉

(2015 年 7 月 5 日)

月灵姹紫丽泉花。
画笼蛇，
敬羊耶。
垂柳荷妆，
池鹭沏青茶。
白雪观澜来鹤醉，
需借酒，
采新芽。

廊前娇色挂黄纱。
俏春嗟，
乘梅车。
水上轻舟，
齐辑泺源遐。
韶乐潇湘琴缕韵，
幽玉笛，
合琵琶。

水调歌头　荷花仙子

（2014 年 9 月 7 日）

垂柳翩纤舞，
莲韵汇湖风。
白娇红瓣轻粉，如幻又情隆。
雅晤亭间名士，
清照辛君故影，
盈月彩霓同。
不是天朝里，
皓胜凤鸾宫。

平安世，承仙子，
雕船蓬。
序启斐智佳丽，示艺尽芳东。
玉质黛眉罗绣，
齐气泉姿金朵，
芮展济容虹。
姣笑涟漪远，
菡萏桂香融。

南歌子　满月秋湖

（2014 年 9 月 7 日）

悄然寒风以，
清泉涌玉珠。
柳枝览客互相扶，
惊鹭汀禾巢垒、探枫梧。

亭榭阑干曲，
箫歌自绿蒲。
莲波望岸妙童娱，
吉象佛山满月、入秋湖。

天籁玉雕

碧珂仪态楚千芳，
流色山岚日月镶。
琼黛绵绵皆可意，
芒鞋绰绰也收藏。
琯音宫阙琵琶舞，
圭角君持托吉祥。
雕羽飞天龙凤咏，
如诗若画管厅堂。

水上秋冬

（2015 年 11 月 6 日）

秋湖荏苒落霞炊，
竹菊梅兰嵌翠帷。
舟绕鹊华南望佛，
弦邀镜影慧山谁。
入秋寒暖惊池鹭，
欲雪冬凝坠叶知。
谈笑世间心事苦，
踏波思句缕挑眉。

春风戏柳

婀娜芊芊抖柳枝，
惹勾春景逐流池。
挓挲风舞单根折，
飘入青坪仅一丝。

塘雨拦香

（2014 年 10 月 12 日）

鸾宫尘界景通芳，
眉展心舒阅碧塘。
鱼戏彩云荷助兴，
蝶迷鲜蕊雨拦香。

俳句

湖畔俳谐古典缘，
连歌哀物寂幽玄。
山崎宗鉴清风举，
松尾芭蕉得自然。

俳句，日本的一种古典短诗。是中国古代汉诗绝句诗歌形式与日本文化结合的产物。

湖泉之情

（一）

细雨心轻步鹊华，超然围雾少人家。
桥西闻酒谁匋饮，屏后流訇韵绿茶。
白趵三杯掀翠幕，青啤一扎柳青霞。
湖缘相遇知音许，悄问泉边二月花。

（二）

翠绿三分正衣华，红羞小露待婆家。
清风问水桥郎意，蜂蝶传眉已煮茶。
情合秋冬思暮色，无媒含石沐亭霞。
妆前抹粉匀春遍，丛秀添芳一簇花。

花飘香秋

相别心头斟远愁，
韶华吟梦苦汀洲。
飞云古刹三生石，
烟雨青灯瓣寄秋。
曲赋星辰说阆苑，
词诗传月踏方舟。
拈香默语情言递，
望摘金风叙小楼。

三生，源佛教因果轮回学说，传为中国历史上情定终身的象征物。三生石的“三生”分别代表前生、今生、来生，很多人的爱情是从一种似曾相识的感觉开始的，而相爱之后人们又一定会期待“缘定三生”。诗文引以前因宿缘之典。唐齐己《荆渚感怀寄僧达禅弟》诗之三：“自抛南岳三生石，长傍西山数片云。”

友詩和韵

和友李宗健诗

（2015年6月7日）

和韵春风不语拘，
花前柳下镜中呼。
波牵妙句三分引，
水染船红许有无。
昨忆仙贤皆为鉴，
今茶作酒致心图。
诗歌一阕吟如醉，
叠绕超然颂雅湖。

致友人

览红观绿古亭边，
碧水清清道渭缘。
旧友本为诗作引，
新朋又是赋牵贤。
茫然尘路千丝藕，
沧海传奇话玉莲。
即使年轮回不得，
多情此意酒心田。

诗友聚

湖上清波动碧空，
青芽红绿遇无穷。
亭烟雾语说名士，
栏曲诚心敬故公。
春柳夏荷分外丽，
南来飞燕趣由衷。
绕池今古诗余赋，
恰似天仙话海蓬。

待襄阳客有感

(2015年6月28日)

(一)

榆雁檀溪泺水谋，夕阳湖畔眺铜楼。
楚襄来客垂杨荫，齐鲁诚朋揖泛舟。
据典激湍传故往，引经玄德话荆浮。
泉园至意今同昨，昔别相邀顾武侯。

(二)

山青人杰大明湖，甲第泉花曲酒沽。
叙罢荆襄三顾礼，仰言词苑两珍珠。
声声慢及秋兵点，双表隆中蕴武符。
秀旎风天华不注，清河汉水有通途。

和友诗春山采风

（2015 年 6 月 7 日）

春浓邀友入林双，
姹紫衔红作画缸。
笔点灵峰形一色，
诗吟节竹话长江。
风吹淡雾残烟过，
雨打寒衣趣自扛。
有意蓝天无冷砚，
痴心青岭韵东窗。

趣和北斗仙子诗(参)之商

山泉秀水碧长清，
青翠春秋挂玉明。
月系参商风递韵，
音逢蝎猎隔相峥。

参、商，是指二十八星宿中的参星与商星。两星居南寓北，不同时在天空出现，诗文常以此比喻亲友分隔两地而不得相见等意。

2015 年初，阅长清诗友写的诗《参》，我便以字联边写了半字顶真（藏头离合）商以和之。

蝎、猎，星座之称。

和上善若水诗

（一）

齐鲁祥瓒育古贤，
几多文武赋华篇。
启蒙后世江山静，
换得安宁赏水莲。

（二）

春夏秋冬乐为金，
南来北往礼宽心。
乾坤轮回何时顾，
感叹忙闲汗染襟。

拾景幽芳

天仙子　戚眉懒床快递到

杠赛个双休日子。
推表关机磨蹭意。
低眉倚枕懒晨昏，
东快递，西快递。
一骨碌旋风便起。

尽试过新衣着说。
款配些钗钿翡翠。
雪迟城野馆层霾，
今也是，明也是。
刹乜得心清评汇。

时听女同事们讲述网购的心情和与此相关的故事。遂草此作，与有兴趣的文友分享。

醉花阴　湖月秋思

（2014 年 10 月 7 日）

瘦月薄云秋卷暮，
香桂寒宫兔。
碧翠玉屏珊，
愁染鲛绡、
奈却吴刚步。

超然鹊水琴荷娶，
清柳枫枝顾。
举酒问蕫莲，
叠赋情岚、
思得谁共度。

浣溪沙　街景

（2015 年 3 月 4 日）

冬巷芙蓉集满宣，
闲行更道柳依泉。
门庭妙对水中联。

一澈清流千户月，
七仙匀点万波涟。
寒香入镜洗裙娟。

菩萨蛮　春扰

（2016年5月26日）

明湖四季青蛙绝，
如传圣府林鸦缺。
耶是可还真？
欲询园艺人。

桃月探春岸，
入苑香添乱。
醉却锦禾屏，
归来丢打听。

如梦令　春寂

（2015 年 5 月 17 日）

谁惹玉英憔悴，剪得片红零坠。
昨洒那些香，今个却成霜伪。
方醉，方醉，怜看一汪春泪。

李宗健先生鼓励、谬赞我《如梦令（春寂）》文：

因图成韵，睹物感深，璀璨一瞬间当枝头绽放青春无悔，极尽缠绵之意境，蓦然回首，却也飘零满地，或怨东风，或怨春暮，或怨岁华；皆因物兴怀，龚定庵曰：落红不是无情物，化作春泥更护花。诚如尊言，惜春叹春留春之诗词，滥觞久矣！

今读罢亦可先生之词，感先生文采，生花大篆挥洒自如。言小令易写难工，先生字词精炼毫无修饰之华丽，随心流淌，于平白处见奇崛，于无声处听惊雷，于陡转间叩人心。起句“谁惹玉英憔悴”挽问句式开篇，一瞬即带入画中，玉英者，花之美称。宋赵长卿《花心动·客中见寄暖香书院》词：“一饷看花凝竚，因念我西园，玉英真素。”明张叔元《宜春令·纪情》套曲：“怪无般野蔓闲藤，缭绕琼枝妒玉英。”先生此处玉英当指图中蔷薇，花朵嫣然，待君怜爱，徒添无数伤感之词，惟玉英陡见新意。“剪得片红零坠。”谁剪的？继续用疑问句式渲染感情的依托，引导作者越发怜惜，“我有花一朵，种在我心中，含苞待放意幽幽。朝朝与暮暮，我切切的等候，有心的人来入梦。女人花摇曳在红尘中，女人花随风轻轻摆动……”此刻古韵依依，今声冉冉，若女人般如花花似梦！小令进一步铺陈顺展。“昨洒那些香，今个却成霜伪。”睹物思人，婉约手法，读至此处，作者巧妙的从景物过渡到自己的感受和感情的宣泄之中，不禁扼腕叫绝！数字之间闪转腾挪，试问清香如昨，佳人在否？奈何风流总被风吹雨打去，“却成霜伪，”一个“伪”字包罗诸多无奈和伤感，物是人非事事休，落花满心头，无计回避眉间心上，终成隔。急转直下的手法抛开一味的愁思千结，足见作者驾驭文字的功力！采用“今个”做答，彰显元曲风韵，词句活泼俏丽。“方醉，方醉”叠词若促，急管繁弦，错落成嗔，作者采用自嘲的手法暗含醉过方知酒浓，情殇才懂珍重一样，些许怅然隐隐其中，更烘托结句“怜看一汪春泪。”“汪”作为数量词更能贴题扣人心弦，成夺魂摄魄之力道！记得《西厢记》第四本第三折张生进京赶考那节收尾的内容：“四围山色中，一鞭残照里。遍人间烦恼填胸臆，量这些大小车儿如何载得起？”读罢，有异曲同工之妙！

青玉案　清风习习

（2015 年 8 月 21 日）

送迎酒宴三千币，
也只是平常例。
奢馆吃喝门未闭。
席分东道，
下回轮你。
反正签单契。

而今八项如精锐，
重剑青锋舞新势。
公款开销风雨霁。
捉谁干系，
了施心轨。
择聚私钿济。

长相思　秋

（2015 年 6 月 7 日）

远处游，
近处游，
游览云峰闻寺幽，
青春一叶舟。

得也羞，
失也羞，
羞得诗余时伴愁，
几回可撷秋。

桂枝香　隆中山卧龙

（2015 年 6 月 28 日）

登高眺迹，
念卧世枭龙，
茅庐恰碧。
识昔清流汉水，急湍窥陌。
经年岭外狼烟起，
欲权争、蔓延灼弈。
备鞍三顾，
隆中对计，近吴操隙。

战乌林淘沙砥舶，
帅几出祁山，鼎分泾坼。
倾孤秉诚堪比，受托师籍。
鞠躬表酢酬天下，
孔明灯、万里晖泽。
仕间勤政，
最需学的，莫非心赤。

减字木兰花　么是云烟

（2015 年 8 月 7 日）

念浓蕴怨，
几度风锥云碎盼。
月暗亭弦，
朝夕谁琴惹不眠。

恨归爱转，
皱忆纯花曾蝶倦。
雾里幽兰，
淹过相痴以泪煎。

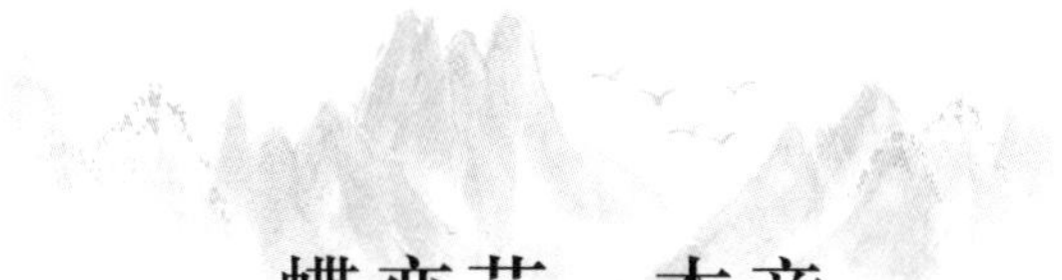

蝶恋花　本意

（2015 年 12 月 25 日）

谁请春枝绽茗蕊。
雨露初纯，
叶朵萌思味。
蝶三探情央黛耳，
牵花吻得如仙里。

恋盖深时涓幼稚，
赤里温存，
缱绻伊芳履。
举案相宾晨夕慰，
溪清最使眉间醉。

一丛花 孟春初雨浆城雪

(2016 年 2 月 17 日)

丙申清越送寒令，
朝笏玉梅呈。
晨云悄洒潜轻落，
比油雨、喜煞农耕。
梳气洗尘，
亭台滴沥，
千木霎春萌。

荆山幽处敲楸枰，
帘外几分惊。
探头试问无需答，
漩风紧、卷霰缠霙。
鞭仗渐消，
泠嘶厚白，
殊派闹猴声。

醉花阴　词情呓语

（2015 年 2 月 18 日）

洽遇瀛台心自叩，
梦里频番奏。
夜半碎深眠，
月影西纱，
难寝三更又。

古来将意牵思柳，
灞别桥头逗。
只是迟相逢，
宛雁南飞，
云念堪春骤。

柳梢青　湖边词话

嫩叶初津，
波平湖透，
鹭晓飞巡。
几孔酣泉，
彩鱼澄舞，
探柳回身。

细听清照如神，
也很爱、
稼轩武文。
两个齐鸣，
济芳流畅，
浆染新春。

春怨深时花已泪

（2015 年 5 月 24 日）

春深施怨煞枝红，
敲破庭门搅絮绒。
唤雨屏山轻隐寺，
呼云寂蔽漫坡丛。
黄栌欲滴烟千树，
青柏无言习雾功。
那曲柔歌回荡概，
探芳池苑艳皆空。

蔬菜之情

(2014 年 8 月 16 日)

青红黄绿竞新鲜,
贵贱高低价可还。
往返轻询三铺位,
取需付讫莫缺钱。
无常旱涝支销大,
四季辛勤汗水酸。
运进城中生碎币,
弟兄姐妹勿相难。

黄河奔海(古风)

(2014年8月31日)

卡日曲溪泽帝宫，
仰韶黑陶滥觞龙。
南行北运兼程转，
万里朝洋至岳东。
白昼凭原千款度，
夜星借月舞齐风。
苍茫浩荡清沙水，
勾兑蓝波大海中。

晚秋(古风)

(2014 年 9 月 12 日)

清冷引霜觅露来，
严寒蓄势欲登台。
秋风摘叶冬之意，
细雨修枝雪彩排。
窗外吟蛩鸣吃断，
廊前雄蝉厉声陪。
季时节换虽花果，
往复循环有乐哀。

武汉东湖

湖山茫远始苍黄，
亭古镶峦纳大江。
桥羽编钟传楚韵，
流霞仰醉赋时芳。

大明湖

垂柳荷槐海右逢，
汇泉流畅觅坡松。
春秋剪色平湖景，
舜意歌源历下风。

山水西子

青林霏雨静笼湖，
亭上扶栏阅世书。
秀水云山情若挚，
添消多少客离愁。

冬晨拾景

(2016 年 1 月 16 日)

楼前几雀会梧丫，
猜品谁添驾好些。
移足虽轻风觉痒，
摇枝着雪敲红车。

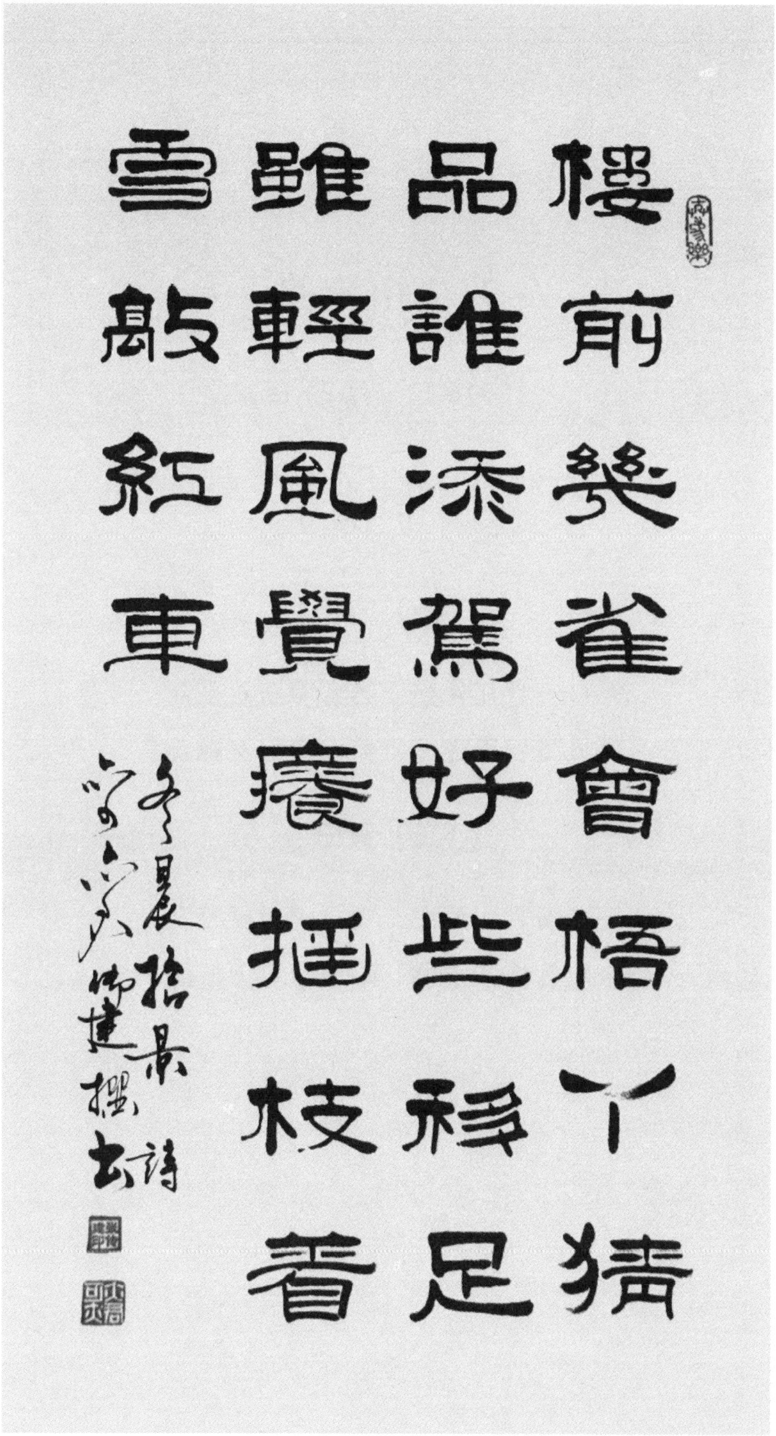
樓前幾雀會梧下猜
品誰添駕好些移足
雖輕風覺癢插枝着
雪敲紅東

万灵山雪景

（2016 年 1 月 24 日）

（一）雪描

寒自天宫几片莲，雕青叠玉置新年。
净风飞羽无虚礼，剪水裁云刹抹山。

（二）青白

灵峰晰月似葱浓，空雪萧萧跃草丛。
来叙俏梅茶半盏，临窗不见万千蓬。

初春偶见

（2016 年 3 月 18 日）

半树兰花弄玉津，
茱萸快递嫩黄唇。
清风问蝶因谁舞，
猜苦东门截访人。

赤霞晨歌

（2016 年 3 月 11 日）

几阵嘹歌滃九穹，铿锵盖地咤暄风。
一丛桃艳签林色，四里坡间点点红。

此诗反映了 2016 年 3 月 6 日济南市英雄山（四里山）一种特殊的文化现象，山下常年有歌、乐、舞，大阵势的就有好几家。本诗反映的这围是最大的，称英雄山歌唱团，人气甚旺，参与和围观欣赏的约一千多人。登山归来，体味那氛围，真是感人不已。

邊塞掠影

渔家傲　草原之念

（2016 年 6 月 17 日）

旷野芨芨葳蕤素，
穹庐哈达红裙女。
长调马琴翩罟罟。
眉低絮，引歌传颂弯弓语。

白羽宝灵旗汉鼓，
阴山云雾曾惊雨。
拈取漠情三两缕。
归期误，蓦然难舍鸿飞去。

芨芨，芨芨草。

穹庐，蒙古人所住毡帐，中央隆起，四周下垂，形状似天，称为穹庐，亦称蒙古包。

罟罟，罟罟冠。蒙古族的典型服饰品之一。在我国服装发展史中占有一席之地，有很深的文化内涵。

弯弓，成吉思汗所用弓箭。

白羽，汉李广所用之箭。李广镇守右北平郡时，一天外出打猎，远远看见草丛中有一只老虎，就拔箭射去，原来是块石头，而箭已经射入石头中。唐诗人卢纶还为此事写了一首诗：“林暗草惊风，将军夜引弓。平明寻白羽，没在石棱中。”

宝灵，汉朝的“飞将军”李广所用之弓。汉武帝时，匈奴侵入汉朝边境，杀辽西太守，败韩安国将军。李广被封为右北平郡太守后，李广以宝灵之箭征服匈奴。

呼伦贝尔掠影

（2016年6月17日）

旧雨风行入碧帷，乐闻歌舞宝灵奇。
茵茵无际梢尖度，曲曲穹庐刺勒贻。
叠雾何逵澄画卷，天骄几代曙鹰诗。
红裙马背驱驼笛，鞭绾流云笑鹿追。

旧雨，老朋友的代称。出《全唐文》杜甫二·秋述：常时车马之客，旧，雨来；今，雨不来。意思是过去宾客遇雨也来，而今新友遇雨却不来了。

刺勒，刺勒歌。南北朝时期描写北方边地奇丽风光的乐府诗。

宝灵，汉李广所用之弓。

原野夏幽人

（2016 年 6 月 17 日）

青蓝风剪纸，红马簇流云。
远处菲菲远，闻时缇缇闻。
扬鞭惊日月，把酒湿袍裙。
铁骑弯弓路，苍茫见牧君。

灵山天池(古风)

(2014 年 4 月 19 日)

融雪清沏水,
坡花抖蕊鲜。
绿峦红惹目,
青外白冰川。
仄览峰皑覆,
平观静湛蓝。
远天池景奇,
近阅不思还。

水静民安

（2014 年 9 月 26 日）

秦时红日暮云寒，
大汉持节天子冠。
帅点青锋胡马畏，
飞将岂许度阴山。
流芳盛世龙凝夙，
万里晴空笔墨銮。
瘦月归来秋水静，
边关远去夏民安。

济南“燕山桥下”先生给出上联“瘦月归来秋水静”，苍古正韵深意，我认真事对成诗。

适情語意

念奴娇　清华长天

（2014 年 2 月 3 日）

玄黄元始，古开天，
史记华延迁变。
上下乾坤千万载，华夏时光睛转。
北斗星空，云烟风植，不过阴阳显。
江山灿烂，
玉清心民倾典。

仰顾五帝三皇，
德仁行道，演世福源善。
干支肖年自舜润，农节生息居衍。
尚礼宽怀，风仪韶颂，晖业千秋卷。
梦来秦汉，
恤民今习钦选。

百字令　棚菜戏说

（2015 年 2 月 1 日）

寿光冬野，
雪浇地、寒寂的苍茫景。
膜内温馨呈彩色，
红紫蓝黄青影。
芹菜攀墙，辣椒上树，芦薯心藤颈。
丝瓜情笃，牵着茄子说永。

帘外摸进人来，
指摇嘉评，取了姿箱整。
娇惯成年没出殿，
今日离宫咋肯。
陪了中餐，再临西馆，叉刃相随醒。
览游世界，洒脱还觉清冷。

调笑令　溪流春早

（2015 年 2 月 19 日）

池鹭，
池鹭，
寻翠汀芊青驻。
云霞出入锦梯，
屏里渔湖小溪。
溪小，
溪小，
长流春来便早。

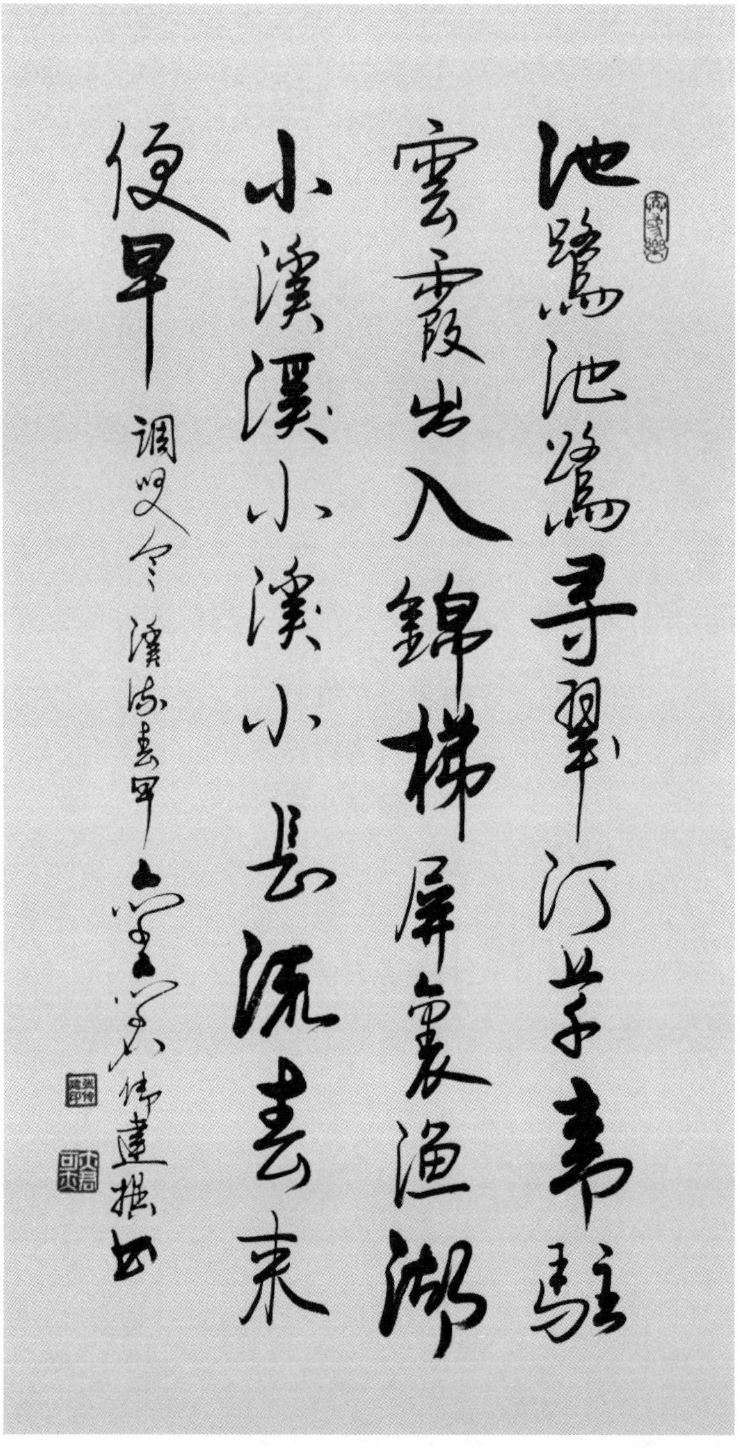

六州歌头　登超然楼

（2015 年 3 月 8 日）

明湖若镜，洁自许流泉。天地事，登高阅，恰超然。亦蓬仙。举目云笺岳，峰丟日，群峦砚，虹波梦，沧桑寄，廨封禅。文迹龙山，九曲大河伴，推海腾鸢。韵悠扬韶乐，秀历下阑干。几叶轻舟，鹊桥边。

雨潇琼觅，慧千佛，蜃楼动，鹭飞闲。烟浓染，吹梅角，话经年，似涓潺。杜宴芙蕖弄，亭海右，月钩鸾。风舞柳，论语走，寓人间。文武安邦工艺，千般淬、书竹相传。就礼仪齐鲁，多少圣与贤。今古循环。

永遇乐　丝路云游

（2015 年 4 月 12 日）

若羽飞翔，鹤云闲步，
婀娜维娇。
绉疚纺柔，沉鱼屐舞，伴馆娃阁闹。
青毡出塞，经沙纬石，落雁慕来听诏。
缎绫纱，罗绒绡锦，葛呢绨绢绸妙。

堂皇玑玉，宫容华魅，
陆海翩纤丝道。
赛里斯丁，跨欧及亚，闭月攸仙窕。
盛唐幽梦，羞花卷蕚，仍绣霓裳雍俏。
太湖雪，烟霞织艺，天堂不老。

天仙子　瓷气

(2015 年 6 月 13 日)

青白华瓷施感慨，
玉镜纸磬心不怠。
骨姿雕雾引流斜，
如意在，
千秋爱，
裁剪汉澜烧出塞。

风雅古来君子态，
溪剞碧荷吟和霭。
锦鸡鸣晓粉柔岚，
轩月外，
龙宫邂，
云破青天俏世界。

虞美人　流泉夜色

（2015 年 1 月 18 日）

独赏黑虎听泉吼，
碧浪粘梢柳。
月明斜倚岸边澜，
石围涌抚砌微寒、却缠绵。

许来取水清流舞，
树抢风筝睹。
碎波呈了万千灯，
似宫霓艳色湖泾、惹深情。

鹊桥仙　迟早花妆枝

(2016 年 3 月 18 日)

柔风号角，
啁啾物语，
飞燕江南啭醒。
凋零纳朵畅青红，
已经是浓香妩倚。

朋来故里，
探芳异蒂，
寻坐擎杯此切。
花姗莫怪得春迟，
饮却了三盅细说。

画堂春　旗袍绰约

（2016 年 6 月 11 日）

云丝露剪百花屏，
楚生婀娜年龄。
蝶绡檀扇更千情，
款款柔卿。

掬媚书声玉凤，
绾钗霄笛兰亭。
古琴鸣水远还轻，
月烛心灯。

看到中华情文学院的几个文友围绕着旗袍写了诗词，我也就动意写了此作。之前看过上海的程乃珊女士写的上海人生活的作品，其中包括上海女性与旗袍的文章。说起旗袍，自然会想起立领、盘扣、开衩等曲姿和仪态婀娜、端庄大方、楚楚动人的词语来。旗袍的流行，该是上世纪二十年代。现在已经是中国和世界华人女性的生活服和特殊场合的礼服，甚至是国宾礼服。2014 年 4 月，中国成立了旗袍会。而旗袍的产生、发展，可以追溯到秦以前。古人的上下衣相连的襕服和秦汉的深衣（古女性礼服），该是现代旗袍的前身。所以我说“古琴鸣水远还轻”。旗袍以其特殊的悠雅，已经走向了世界。

念奴娇　汉字飞扬

（2016 年 6 月 3 日）

鸿蒙千古，旷空煜，华夏天元黄帝。
仓颉人文商甲骨，金篆化施秦隶。
日月沧桑，泱泱楷正，横纵春秋记。
百家青史，往来江丽山美。

曾有四个流源，贯通汉字，形意姿唯最。
渡海传声平仄韵，也入周边官邸。
儒雅心容，云霄道理，澄浩然风气。
至今深刻，仍将彪柄经纬。

天元，象征北极星，意群星竞耀中最光彩夺目的第一明星。在我国古籍中，天元一词早见于《史记历书》："王者易姓受命，必慎始初。改正朔，易服色，推本天元，顺承厥意"。天元被理解为：超神入化的人物，要了解万物的本源和开始。由于"天元"一词具有广大高深的寓意，帝王就将它将其作名位称号，例如北朝周宣帝便自称为"天元皇帝"，以示权威显赫无比。日本圆融天皇也将年号定为“天元”。演变至后来，“天元”也用来指某一领域的“王者”。如我国的围棋比赛，“中国天元战”等。

汉字，集日月精华、容天地万物的无与伦比的线条艺术。传从四万多年前的远古的黄帝时期的仓颉人文创造文字开始，汉字的生成、变化、发展，大概经历了五个最重要的阶段，以字形可以表示为：甲骨文、金文、篆书、隶书、楷字等。

世界四大文化发源地，唯有华夏文化延续至今，亘古不灭，生机勃勃，流光溢彩。汉字就是其中最为精华的代表。

明湖雨荷(古风)

(2014 年 6 月 15 日)

莲语湖波上榭栏,
花馨风意漫茵堤。
清舟苇碧呜咽箫,
乾柳磐石木竖笛。
隆夏雨霏承圣露,
初秋云卷似盘髻。
荷添薇觐如烟郡,
月下君缘恨递谁。

月下亭即景

（2014 年 5 月 16 日）

杏桃薇菊桂楸枫，
银果云杉柏雾松。
楠竹丁香梅紫李，
珠榴节蜡女贞丛。
曾生西北东南地，
来自他乡异域逢。
尽艳呈芳泉景韵，
观湖赏柳佛山峰。

端午若思

（2014 年 5 月 29 日）

端阳几寓盛中华，
粽黍龙舟记芈家。
静卧翠帘听夏雨，
灵均九曲问天涯。
正经愁苦寒霜影，
臣荩丹阳翰墨夸。
诤骨楚辞风骚立，
怀沙抱石笑秦衙。

明日何其多

（2015 年 8 月 14 日）

几多今日昨天偷，
满月心宽也隐愁。
冬雪送颜清白景，
春风举柳翠钗头。
青枝醉夏丝丝去，
黄叶痴秋点点抽。
凡事明儿迟做些，
秒分将梦变虚流。

叶红秋梦

（2014 年 11 月 2 日）

秀岭黄栌独处浓，
山溪梳血甚晨红。
彩天泾地风灵色，
梦耸川乡阿娜丛。

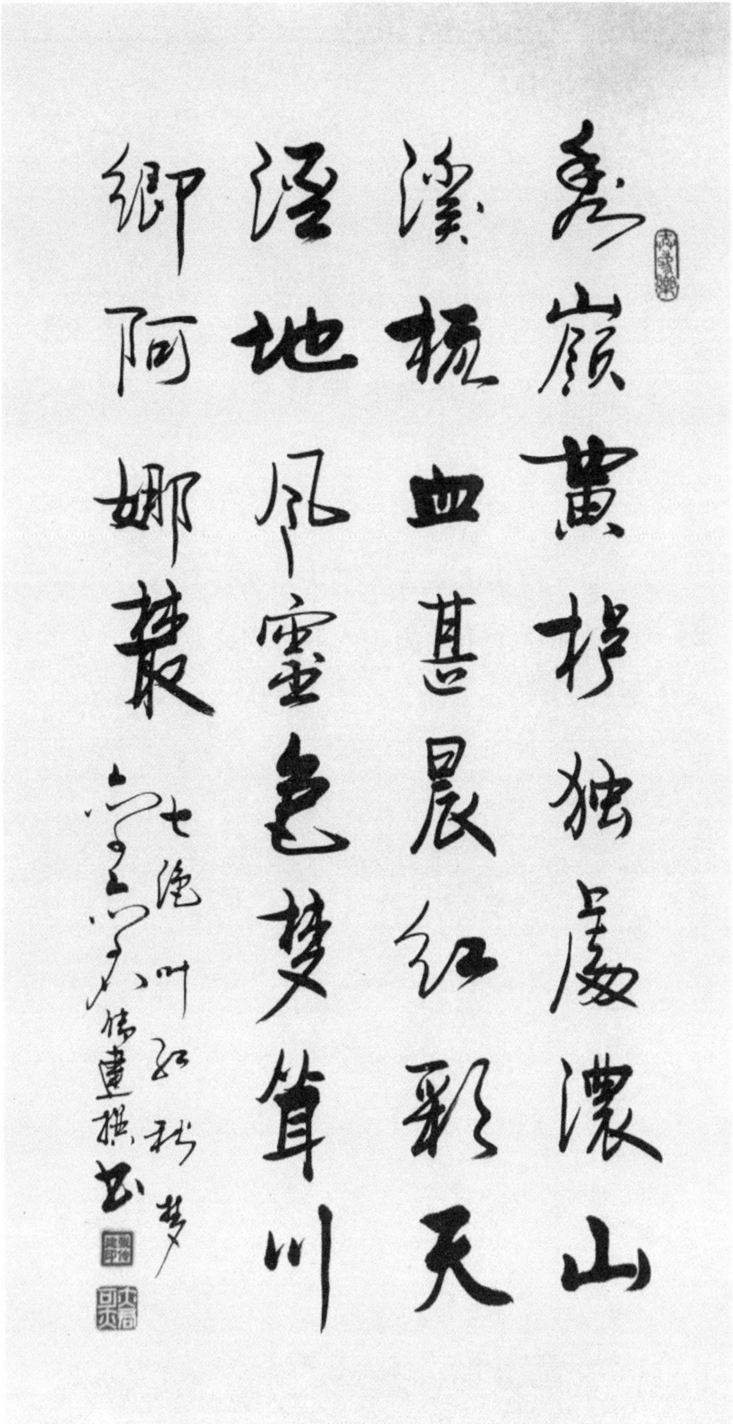

词

（2016 年 6 月 11 日）

亦天山水谱华音，平仄阴晴岁月吟。
随曲诗余茶捻酒，入时驰骋弄瑶琴。

亦天，《简易道德经》言，空空旷旷亦天，意无垠天空；诗余，词的另名称。

偶阅微信有感

（2016 年 5 月 12 日）

蓝天自有佛陀撑，
敬业精心赏月明。
周末红阳如准假，
攸闲尽管放风筝。

蔓语

（2014年6月29日）

闭着眼，
挺胸、用力，
开了天地，
捎来春季。

篱笆上，有先辈足迹，
施礼，顺行，
正确、在理。

蓝，就是天？
绿，定是地？

路途，陂陀、跌宕、崎岖，
遇未知，谁代替，
得展触须，摸索慎进，
能动解决难题。

乘着阳光、雨露，努力！

墙头上，左右顾及，
咦——
哪里，探出这么多触须？

哦，
天地本存，春属大家，
攀登的不仅自己；
牵手，
鼓励，
继续……

调皮的甜

（2014 年 11 月 2 日）

热闹熙攘的芙蓉街，
一家叫么鱼的店，
（法）管弦乐组曲《春天》向导。

过道、再门，几分迟疑，
格外，模糊得幽然。
店妹清澈的大眼睛。

货架上，物品神秘的熟悉，
那种顿时让尔天堂，
瞬间让侬地狱的名儿。

凑足勇气问了句：
这“蒙汗药”和散、片、丹，
消—受—的人多吗？

人家莞尔笑道：销售嗯呐，
姓这名儿的糖，敬长送幼不宜。

哦——，专“迷”朋友、知己者！

德彪西印象主义音乐，持续，
塞纳河的轻波，
伴芙蓉泉流水，
淌着丝，
不规整的浪漫。

郎茂山游記

乐山

（2012 年 7 月 17 日）

所居城南茂山，名唤七林剑岭，虽不甚挺拔巍峻，却也风影雅致别韵。多年来，偶时登之，四季不辍。古有仁者乐山、智者乐水之语，其意境风骨超然，不言而喻。实则，两者兼而有之者，亦不尽其数。

家距山一刻钟步程，寻小道而往。道侧渠水，北向而淌，虽时断时续、时浅时深、时清时浊，但潺潺灵动，其声悦耳。偶多在清晨，踏道至山间览色健体，常留连忘返……

此山不高，却望之蔚然而秀，欣喜油生。东麓坡缓，因人久行，故小道纵痕，各往去处。近年来，因登山者渐众，已人工修葺阶梯，怎奈我不待见生硬台阶，故挚循一小径，顺坡西行，再上缓丘……所经处，林木花草，芬芳幽香，佳树繁影，雅而高洁。更有植被，自然生成，木草婆娑相偎，依依而立、而侧，枝触叶抱，羞花独赏，静心观之，趣味顿生，似人间仙境，自喜乐甚笃。每必往，并拍下林、木、草、花之影十三帧，撩众友叹为观止。

此山此景，曾多次幻想与爱人同往，顶蓝天白云，依山坐石，无需言辞，望远处天色，观近林枝叶，听鸟鸣蝉叫，赏清风戏蝶，感世外桃源……

奈近有破土者，劈山而筑，阻路竖墙，些许林木遭毁，成片花草被株，令人心痛不已！盼人与自然，和谐永驻！

唉，幸山景不只此，尚有余境，且有四季佳意尽显：正所谓，春有馨香、夏有翠绿、秋有殷实、冬有雕霜。以致，惹近人聚之而来，或席坐而聊、或林间走动、或相牵漫步、或挥棍舞剑，或面旷太极、或伴乐翩纡，忘沧桑忧虑、淡尘间烦事，求健身强体。无论职居高低，不在男女长幼，皆乐于天地，乐于四季，乐于晨夕，乐于……

偶以为，乐山者，仁者也，亦是智者。有山乐山，有水乐水，即仁即智者也。如此般，大凡之人，冶心志、强体质、释虑忧，安能不乐无穷乎？

乐山，已是偶一生中不可或缺之所去、之所在也……